Las memorias de Maigret

Georges Simenon, nacido en 1903 en Lieja (Bélgica), dio sus primeros pasos como reportero y como autor de novelas populares escritas bajo seudónimo. En 1931 publicó, por primera vez con su propio nombre, *Pietr, el Letón*, que presentaba al imperturbable comisario de policía parisino Jules Maigret, personaje que retomó en novelas y relatos a lo largo de las cuatro décadas siguientes, mientras su obra más amplia le granjeaba la reputación de ser uno de los escritores esenciales del siglo xx. Viajero intrépido, con un profundo interés en la gente, Simenon se esforzó, en la literatura y en la realidad, por comprender —y no por juzgar— la condición humana en todos sus matices. Sus libros figuran entre los más leídos del canon mundial.

GEORGES SIMENON

Las memorias de Maigret

Traducción de
Leandro Rojo

DEBOLS!LLO

Papel certificado por el Forest Stewardship Council®

Título original: *Les mémoires de Maigret*

Primera edición: enero de 2026

Printed in Spain – Impreso en España

ISBN: 978-84-663-3322-1
Depósito legal: B-19.710-2025

Compuesto en M. I. Maquetación, S. L.

Impreso en Black Print CPI Ibérica
Sant Andreu de la Barca (Barcelona)

P 333221

Las memorias de Maigret

1

Donde aprovecho la oportunidad de explicar por fin mis relaciones con el llamado Simenon

Fue en 1927 o 1928. No tengo buena memoria para las fechas, ni soy de esos que conservan cuidadosamente notas escritas de todo lo que hacen, cosa frecuente en nuestro oficio, y que para algunos ha resultado muy útil y en ocasiones provechosa. Recientemente he recordado los cuadernos en los que mi mujer, durante mucho tiempo sin saberlo yo y casi a escondidas, pegaba los artículos que se referían a mí.

Se trata de cierto asunto que aquel año nos dio muchos quebraderos de cabeza; podría encontrar la fecha exacta, pero no me veo con ánimos de ponerme a repasar los cuadernos.

Carece de importancia. Por otra parte, mis recuerdos son precisos en cuanto al tiempo que hacía. Era un día cualquiera de principios de invierno, uno de esos días grises y blancos, sin color, que describiría como un día administrativo, porque uno tiene la impresión de que no puede ocurrir nada interesante en una atmósfera tan mortecina y donde uno, por aburrimiento, solo desea poner al día los archivos de la oficina, acabar aquellos informes que esperan desde hace mucho, y despachar el trabajo cotidiano de forma febril, pero sin entusiasmo.

Si insisto en la opacidad de ese día, desprovisto de todo relieve, no es por gusto de lo pintoresco, sino por mostrar cuán trivial fue ese acontecimiento, en medio de los hechos insignificantes de un día vulgar.

Eran alrededor de las diez de la mañana. Hacía una media hora que había terminado el informe, que resultó ser corto.

La gente menos informada sabe ahora en qué consiste más o menos un informe en la policía judicial; pero, en aquella época, la mayoría de los parisienses no sabían siquiera qué organismo administrativo albergaba el Quai des Orfèvres.

A eso de las nueve, una campanilla llama a los distintos jefes de servicio al gran despacho del director, cuyas ventanas dan al Sena. La reunión no sigue ningún protocolo. Uno va allí fumando su pipa o su cigarrillo, y la mayoría de las veces con una carpeta bajo el brazo. La jornada no ha comenzado aún, y unos y otros conservan un ligero regusto a café con leche y cruasanes. Se estrechan manos, se charla tranquilamente, mientras se espera a que llegue todo el mundo.

Después, por turnos, cada uno pone al jefe al corriente de los sucesos que han ocurrido en su departamento. Algunos permanecen de pie, a veces asomados a la ventana, mirando pasar sobre el puente de Saint-Michel los taxis y los autobuses.

Contrariamente a lo que se imagina la gente, se habla también de asuntos no relacionados con los criminales.

—¿Cómo se encuentra su hija, Priollet? ¿Mejora del sarampión?

Recuerdo haber oído hablar de forma detallada y con conocimiento de recetas de cocina. También se habla de cosas más serias, evidentemente, como, por ejemplo, del hijo de un diputado o de un ministro que ha cometido ciertos actos inapropiados y que sigue haciéndolo por simple capricho y a quien es urgente hacer entrar en razón, pero sin montar ningún escándalo. O de algún rico extranjero instalado recientemente en un palacio de los Champs Élysées y que ha suscitado cierta inquietud en el Gobierno. O de alguna niña que ha sido encontrada unos días antes en la calle y por la que no se interesa ningún pariente, a pesar de haberse publicado su fotografía en todos los periódicos.

Se está entre gente del oficio, y los acontecimientos se miran desde el punto de vista estricto de la profesión, sin palabras inútiles, de modo que todo resulta muy sencillo. Forma parte de lo cotidiano.

—¿De modo, Maigret, que todavía no ha logrado detener al polaco de la calle Birague?

Me apresuro a declarar que no tengo nada contra los polacos. Si hablo con cierta frecuencia de ellos no es porque se trate de un pueblo particularmente feroz o pervertido. El hecho se debe a que, en aquella época, por faltar en Francia mano de obra, llegaron polacos por millares para trabajar en las minas del norte. En su país, se los reclutaba alegremente, por pueblos enteros, hombres, mujeres y niños, y se los hacinaba en un tren, de una manera parecida a como se reclutaba en otra época la mano de obra negra.

La mayoría demostraron ser trabajadores de primera clase, y muchos se convirtieron en ciudadanos honorables. Pero, como era de esperar, también había indeseables, los cuales nos causaron bastantes problemas durante algún tiempo.

Al hablar así, de una manera un tanto deshilvanada, de mis preocupaciones de entonces, trato de poner en antecedentes a los lectores.

—Me gustaría, jefe, que siguieran vigilándolo dos o tres días más. Hasta ahora no nos ha llevado a ninguna parte, pero terminará por encontrarse con sus cómplices.

—El ministro está impacientándose por lo que dicen los periódicos...

¡Siempre los periódicos! Y siempre, en primer lugar, el miedo a los periódicos, a la opinión pública. Apenas se comete un crimen, se nos emplaza a encontrar un culpable a toda costa.

Poco falta para que nos digan después de algunos días: «Meta a alguien en la cárcel, no importa a quién, para calmar a la opinión pública».

Probablemente les hablaré más adelante de este individuo, pero, aquella mañana, el polaco no era el asunto que más nos preocupaba, sino un robo que se había cometido según una nueva técnica, lo que es bastante raro.

Tres días antes, en el bulevar Saint-Denis, en pleno día, cuando la mayoría de las tiendas habían cerrado para comer, un camión se detuvo frente a una pequeña joyería. Unos hombres descargaron una caja enorme, la colocaron pegada a la puerta y después se fueron con el camión.

Cientos de transeúntes pasaron ante la caja sin que les

llamase la atención. El joyero, por su parte, al regresar del restaurante en el que había comido, frunció las cejas.

Y cuando apartó la caja, que resultó ser muy ligera, se dio cuenta de que en el lado que daba a la puerta habían hecho un agujero, otro en la puerta, y que, naturalmente, habían saqueado sus estanterías y su caja fuerte.

Era el tipo de investigación bastante pesada y anodina, que puede llevar meses y que requiere muchos hombres. Los ladrones no habían dejado ninguna huella ni ningún objeto comprometedor.

El hecho de que el método fuese nuevo nos impedía saber a qué tipo de maleantes buscábamos.

Teníamos solamente la caja, barata, aunque muy grande, y desde hacía tres días una docena de inspectores visitaban todas las fábricas de cajas y, en general, todas las empresas que utilizaban embalajes de gran tamaño.

Acababa de regresar a mi despacho porque tenía que redactar un informe, cuando sonó el timbre del teléfono interior.

—¿Es usted, Maigret? ¿Puede pasar un instante por mi despacho?

No tenía nada de sorprendente. Todos los días, o casi todos, el gran jefe me llamaba a su despacho una o varias veces, además de la reunión a primera hora de la mañana para presentar los informes del día: lo conocía desde la infancia; había pasado con frecuencia sus vacaciones cerca de nuestra casa, en el Allier, y había sido amigo de mi padre.

Aquel gran jefe era, a mis ojos, el gran jefe en toda la acepción del término; era con quien había hecho mis primeras armas en la policía judicial; quien, sin protegerme, en el sentido estricto de la palabra, había seguido discretamente mi carrera, y, además, yo lo había visto, vestido de negro, cubierto con su sombrero hongo, dirigirse bajo una lluvia de balas, completamente solo, a la puerta del pabellón, donde Bonnot y su banda hacía frente a la policía y a los gendarmes desde hacía dos días.

Me refiero a Xavier Guichard, el de los ojos maliciosos y largo cabello blanco de poeta.

—Pase, Maigret.

Esa mañana, el día era tan gris que sobre su mesa estaba encendida la lámpara de pantalla verde. Al lado de mi jefe, en un sillón, vi a un joven que se levantó para tenderme la mano cuando nos presentaron.

—El comisario Maigret. El señor Georges Sim, periodista...

—Periodista, no. Novelista —protestó el joven, sonriendo.

Xavier Guichard también sonrió. Poseía una gama tan amplia de sonrisas que podía expresar sonriendo todos los matices de su pensamiento. Poseía también una ironía perceptible solo para quienes lo conocían bien, y que, para otros, lo hacía parecer un ingenuo.

Me habló con la mayor seriedad, como si se tratase de un asunto importante o de un personaje prominente.

—El señor Sim necesita, para sus novelas, conocer el funcionamiento de la policía judicial. Como él mismo acaba de exponerme, aquí se originan una buena parte de las tragedias humanas. También me ha dejado claro que lo que desea estudiar no es tanto el funcionamiento policial en detalles, que ya conoce por haberlo visto en otras partes, sino más bien el ambiente en el que se desarrollan nuestras actividades.

De vez en cuando yo echaba una mirada al joven, que debía de tener unos veinticuatro años, era delgado y con el cabello casi tan largo como el de mi jefe. Además, parecía estar muy seguro de todo y más aún de sí mismo.

—¿Quiere usted hacerle los honores de la casa, Maigret?

En el momento en que iba a dirigirme a la puerta oí decir al Sim en cuestión:

—Le pido que me perdone, señor Guichard, pero ha olvidado usted decirle al comisario...

—¡Ah, sí! Tiene usted razón. Como ya ha dicho el señor Sim, no es periodista. Por lo que no corremos el riesgo de que cuente en los periódicos cosas que no deben ser publicadas. Sin que yo se lo pidiera, me ha prometido no utilizar lo que pudiera ver u oír aquí más que en sus novelas, y de una forma lo bastante distinta para no crearnos ninguna dificultad.

Aún oigo al gran jefe decirme gravemente, mientras se inclinaba sobre el correo que tenía encima de la mesa:

—Puede usted confiar en él, Maigret. Me ha dado su palabra.

Sin embargo, me percaté de que Xavier Guichard se había dejado engatusar, y más adelante tuve la prueba de ello. No solo se había dejado seducir por la audacia juvenil de su visitante, sino por otra razón que descubrí un tiempo después. El jefe tenía una pasión, además de su profesión: la arqueología. Formaba parte de varias sociedades y había escrito una voluminosa obra (que nunca he leído) sobre los orígenes remotos de la ciudad de París.

Sim, nuestro hombre, lo sabía (me pregunto si por casualidad), y tuvo buen cuidado de hablarle del asunto.

¿Se debió a eso el que me viera molestado personalmente y no otro? Casi a diario se designaba a alguien en el Quai des Orfèvres para el «servicio de visitas». La mayoría de las veces se trataba de extranjeros importantes, o que tenían alguna relación con la policía de su país, y, otras veces, simplemente de electores influyentes que llegaban de su provincia exhibiendo orgullosamente una tarjeta de recomendación del diputado de su distrito.

Se había convertido en algo rutinario. Y, como ante los monumentos históricos, todo el mundo se había aprendido un pequeño discurso.

Pero por lo general era un inspector quien se encargaba del asunto, y tenía que tratarse de alguien muy importante para que un jefe de servicio se molestase en recibirlo.

—Si le parece bien —propuse—, subiremos primero al servicio antropométrico.

—A menos que le suponga una gran molestia, preferiría empezar por la sala de espera.

Esa fue mi primera sorpresa. Lo dijo con amabilidad, y, además, con una mirada que desarmaba, mientras explicaba:

—Entiéndalo, preferiría seguir el camino que recorren normalmente sus sospechosos.

—En tal caso, tendríamos que empezar por las celdas, porque la mayoría pasan allí la noche antes de que nos los envíen.

Y él repuso con voz tranquila:

—Visité las celdas ayer por la noche.

No tomaba notas. No tenía ni cuaderno ni estilográfica. Permaneció varios minutos en la sala de espera acristalada, en la que, en marcos negros, estaban expuestas las fotografías de los miembros de la policía caídos en acto de servicio.

—¿Cuál es el promedio de los que mueren por año?

Luego pidió que le enseñara mi despacho. El azar quiso que en aquella época hubiese obreros reformándolo. Me habían instalado provisionalmente en un viejo despacho del más antiguo estilo administrativo, en el entresuelo, lleno de polvo, con muebles de madera negra y una estufa de carbón de ese modelo que se ve aún en algunas estaciones de tren de provincia.

Era el despacho que me habían asignado cuando empecé a trabajar, y allí permanecí durante unos quince años como inspector, y confieso que guardaba cierto cariño a aquella enorme estufa, que me gustaba ver al rojo vivo en invierno, y a la que había tomado la costumbre de cargar hasta los topes.

No era tanto una manía como una manera de contenerme y casi un ardid. En el transcurso de un interrogatorio difícil, me levantaba y empezaba a atizar el fuego durante un buen rato, y luego a echar paletadas de ruidoso carbón, con aire bonachón, mientras mi sospechoso me miraba perplejo.

Y es cierto que cuando dispuse de un despacho moderno, provisto de calefacción central, eché de menos mi vieja estufa, pero no me hubieran permitido, ni yo lo hubiese pedido (me lo habrían denegado), que me la llevase conmigo a mi nuevo despacho.

Pido disculpas por alargarme con estos detalles, pero sé, más o menos, dónde quiero ir a parar.

Mi huésped miraba mis pipas, mis ceniceros, el reloj de mármol negro que estaba sobre la chimenea, el pequeño lavabo de hierro esmaltado de detrás de la puerta, la toalla que siempre huele a perro mojado.

No me hizo ninguna pregunta técnica. Los expedientes no parecían interesarle en absoluto.

—Por esta escalera llegamos al laboratorio.

Allí también estuvo contemplando el techo, en parte acristalado, las paredes, los suelos, el maniquí que se utiliza para ciertas reconstrucciones; pero no se interesó por el laboratorio en sí, con sus complejos aparatos, ni por el trabajo que allí se hacía.

Siguiendo la costumbre, quise explicarle:

—Aumentando algunos centenares de veces cualquier texto escrito y comparándolo...

—Lo sé. Lo sé.

Entonces me preguntó en un tono negligente:

—¿Ha leído usted a Hans Gross?

Nunca había oído tal nombre. Después supe que se trataba de un juez de instrucción austriaco que, hacia 1880, ocupó la primera cátedra de Criminología Científica en la Universidad de Viena.

Mi visitante, por su parte, había leído sus dos gruesos volúmenes. Había leído de todo, cantidades de libros cuya existencia yo ignoraba, y de los que me citaba los títulos con cierta indiferencia.

—Sígame por este pasillo; le enseñaré los archivos en los que guardamos las fichas de...

—Lo sé. Lo sé.

Empezaba a impacientarme. Se hubiera dicho que solo

me había molestado, interrumpiendo mi trabajo, para mirar las paredes, los techos y los suelos, y observarnos a todos como si estuviese haciendo un inventario.

—A esta hora habrá mucha gente en antropometría. Deben de haber terminado con las mujeres, y les toca a los hombres...

Había unos veinte, completamente desnudos, que habían sido detenidos en el curso de la noche y que esperaban su turno para que los midiesen y fotografiasen.

—En resumen —me dijo el joven—: solo me queda por ver la enfermería especial de la Prevención.

Fruncí las cejas.

—No se admiten visitantes.

Es una de las secciones menos conocidas, donde los médicos forenses someten a los criminales y a los sospechosos a una evaluación psiquiátrica.

—Paul Bourget solía asistir a esas sesiones —me contestó en un tono tranquilo—. Pediré una autorización.

Lo cierto es que tengo un recuerdo de todo ello impreciso, tan impreciso como el tiempo que hacía aquel día. Si no hice nada por abreviar la visita, fue porque, en primer lugar, se trataba de una petición del gran jefe y, además, porque no tenía nada importante que hacer, y aquello me entretuvo un rato.

Volvimos a mi despacho, se sentó y me alcanzó su tabaquera.

—Veo que también es usted fumador de pipa. Me gustan los fumadores de pipa.

Había, como siempre, una media docena de pipas sobre la mesa, que se puso a examinar con aire de experto.

—¿En qué asunto está usted trabajando ahora?

Con un tono de lo más profesional, le hablé del robo llevado a cabo en la joyería, con la caja colocada ante la puerta, y le hice notar que era la primera vez que se empleaba esa técnica.

—No —repuso—. Ya se empleó hace ocho años en un almacén de la Octava Avenida de Nueva York.

Debía de estar satisfecho de sí mismo; pero he de admitir que no se vanagloriaba de ello. Fumaba su pipa con gravedad, como si quisiese parecer diez años mayor y ponerse al nivel del hombre ya maduro que yo era entonces.

—Señor comisario, los profesionales del crimen no me interesan. Su psicología no plantea ningún problema. No son sino gente que realizan un trabajo y poco más.

—¿Qué es lo que le interesa entonces?

—Los otros. Los que son como usted y como yo, y que un buen día acaban matando, sin estar preparados para ello.

—Son muy pocos.

—Lo sé.

—Si exceptuamos los crímenes pasionales...

—Los crímenes pasionales tampoco resultan interesantes.

Esto es poco más o menos lo que recuerdo de aquel encuentro. Le hablé, no sé muy bien por qué, de un caso que había investigado unos meses antes, precisamente porque no se trataba de profesionales del crimen, sino de una joven y de un collar de perlas.

—Le quedo muy agradecido, señor comisario. Espero tener el placer de volver a verlo.

Yo, por mi parte, me dije: «Espero que no».

Transcurrieron semanas y luego meses. Una sola vez, en pleno invierno, me pareció ver al susodicho Sim, recorriendo una y otra vez el largo pasillo de la policía judicial.

Una mañana encontré sobre la mesa de mi despacho, al lado del correo, un pequeño libro, cuya cubierta mostraba una ilustración horrible, como los que se ven en los puestos de venta de periódicos y en las manos de las modistillas. Se titulaba: *La joven de las perlas*, y el autor era Georges Sim.

No tuve la curiosidad de leerlo. Leo poco, y jamás novelas populares. No sé siquiera dónde puse aquel libro impreso en un papel de pésima calidad, probablemente en la papelera, y estuve varios días sin pensar en ello.

Después, otra mañana, encontré en el mismo sitio, encima de mi despacho, un libro idéntico, y, en lo sucesivo, cada mañana hacía su aparición un nuevo ejemplar al lado del correo.

Tardé cierto tiempo en darme cuenta de que mis inspectores, Lucas en particular, me dirigían de vez en cuando miradas divertidas. Finalmente, tras darle durante mucho tiempo vueltas al asunto, una mañana que habíamos ido juntos a tomar el aperitivo a la cervecería Dauphine Lucas me dijo:

—¡Se ha convertido usted en un personaje de novela, jefe!

Luego sacó un librito del bolsillo.

—¿Lo ha leído usted?

Me confesó que era Janvier, el más joven de la brigada en aquella época, quien todas las mañanas colocaba uno de los libros en mi despacho.

—En ciertos aspectos se le parece, ya lo verá.

Tenía razón. Se me parecía, como el dibujo garabateado sobre la mesa de mármol de un café por un caricaturista aficionado se parece a un ser de carne y hueso.

Me describía como alguien más grueso, más pesado que al natural, con una pesadez sorprendente, si puede expresarse así.

En cuanto al argumento, era irreconocible, y en el relato yo utilizaba métodos del todo inesperados.

Aquella misma tarde encontré a mi mujer con el libro entre las manos.

—Me lo ha dado la lechera. Parece ser que se habla de ti. Aún no he tenido tiempo de leerlo.

¿Qué podía hacer? Como había prometido el tal Sim, no se trataba de un periódico. Tampoco se trataba de un libro serio, sino de una publicación barata. Habría sido ridículo concederle importancia.

Había empleado mi verdadero nombre. Pero él podría alegar que en el mundo existía un buen número de Maigret. Me prometí comportarme fríamente con él si la casualidad hacía que nos encontrásemos de nuevo, aunque estaba convencido de que no volvería a poner los pies en la policía judicial.

En eso me equivoqué. Un día que llamaba a la puerta del jefe para pedirle una información, este me dijo animadamente:

—Pase, Maigret. Estaba a punto de telefonearle. Nuestro amigo Sim está aquí.

El amigo Sim no se mostraba en absoluto avergonzado. Por el contrario, se le veía por completo a sus anchas y con una pipa más gruesa que nunca en la boca.

—¿Cómo está usted, señor comisario?

Guichard me explicó:

—Acaba de leerme unos fragmentos de un libro que ha publicado sobre nosotros.

—Lo conozco.

Los ojos de Xavier Guichard reían, pero esta vez era de mí de quien parecía burlarse.

—Me ha comentado cosas bastante interesantes que le conviene a usted saber. Él mismo se las dirá.

—Es muy sencillo. Hasta ahora, en la literatura francesa, salvo raras excepciones, quien desempeñaba el papel simpático era siempre el malhechor, mientras que a la policía se la ridiculizaba, cuando no se la trataba aún peor.

Guichard asentía con la cabeza, en señal de aprobación.

—Es cierto, ¿verdad?

Era cierto, en efecto. No solamente en la literatura, sino también en la vida corriente. Aquello me recordó un hecho bastante significativo de mis comienzos en la policía, de la época en que yo «hacía» la calle. Estaba a punto de detener a un carterista a la salida del metro cuando aquel tipo se puso a gritar no recuerdo muy bien qué, quizá: «¡Al ladrón!».

De pronto unas veinte personas se abalanzaron sobre mí. Les expliqué que pertenecía a la policía y que el individuo que se alejaba era un malhechor. Estoy convencido de que todos me creyeron, pero se las arreglaron para retenerme por todos los medios, dejando así al carterista tiempo suficiente para desaparecer.

—Pues bien —prosiguió Guichard—, nuestro amigo Sim se propone escribir una serie de novelas en las que se mostrará a la policía tal como es.

Hice una mueca que no pasó inadvertida al gran jefe.

—Más o menos tal como es —corrigió—. ¿Me comprende? Su libro no es más que un esbozo de lo que pretende hacer.

—Ha utilizado mi nombre.

Yo creía que el joven se mostraría confuso, se disculparía. En absoluto.

—Espero que eso no le haya molestado, señor comisario. Es más fuerte que yo. Cuando he imaginado un personaje con un nombre determinado, me es imposible cambiarlo. He tratado en vano de acoplar todas las sílabas imaginables para reemplazar las de la palabra Maigret. Finalmente he renunciado a ello. Ese no habría sido *mi* personaje.

Dijo «mi» personaje en un tono de lo más tranquilo, y lo increíble fue que yo no protestase, quizá debido a que Xavier Guichard me observaba con una mirada cargada de malicia.

—Esta vez no se trata de una colección popular, sino de lo que él llama... ¿Cómo ha dicho usted, señor Sim?

—Semiliteratura.

—Y piensa usted contar conmigo para... —señalé.

—Me gustaría conocerle más a fondo.

Lo he dicho al principio: la seguridad en sí mismo era absoluta. Creo sinceramente que ese era el secreto de su fuerza, y gracias a esa fuerza, había conseguido poner al gran jefe de su parte, y este, que se interesaba por todo lo humano, me dijo muy serio:

—Solo tiene veinticuatro años.

—Me es difícil crear un personaje si no sé cómo se comporta durante el día. Por ejemplo, no podría hablar sobre millonarios hasta haber visto a uno tomando en bata su huevo pasado por agua por la mañana.

Eso ocurrió hace ya mucho tiempo, y ahora me pregunto por qué razón misteriosa mi jefe y yo escuchamos todo aquello sin echarnos a reír.

—En resumen: usted querría... —dije.

—Conocerle más, ver cómo vive y trabaja.

Lógicamente, el gran jefe no me ordenó que hiciese aquello. Sin duda, me habría rebelado. Durante cierto tiempo pensé que tal vez se trataba de una especie de inocentada: el gran jefe aún conservaba ese carácter propio del Barrio Latino, de esa época en la que ese lugar gustaba aún de las bromas.

Probablemente, para no aparentar que me tomaba el asunto demasiado en serio, dije, encogiéndome de hombros:

—Cuando quiera.

Entonces Sim, levantándose encantado, dijo:

—Inmediatamente.

Una vez más, en retrospectiva, aquello puede parecer ridículo. En aquella época el dólar valía no sé qué sumas inverosímiles. Los americanos encendían sus cigarros con billetes de mil francos. Los músicos negros reinaban en Montmartre y, en los salones de té, lo gigolós argentinos les robaban las joyas a las señoras maduras y ricas.

La Garçonne alcanzaba tiradas astronómicas, y la policía encargada de las buenas costumbres se veía desbordada por las orgías del Bois de Boulogne, que no se atrevía a interrumpir por temor a molestar en sus diversiones a personas que formaban parte del cuerpo diplomático.

Las mujeres llevaban el cabello corto, y la ropa también; los hombres usaban zapatos puntiagudos y pantalones ajustados a los tobillos.

Eso no explica nada, lo sé. Pero todo ello forma parte de un conjunto. Y me parece ver de nuevo al joven Sim entrar en mi despacho, como si se hubiera convertido en uno de mis inspectores, diciéndome amablemente: «No se moleste...», y yendo a sentarse en un rincón.

Seguía sin tomar notas. Hacía pocas preguntas. Tenía más bien tendencia a afirmar. Después me explicó —lo que no significa que yo lo creyera— que las reacciones de cualquiera ante una afirmación son más reveladoras que sus respuestas a una pregunta concreta.

Una mañana que íbamos Lucas, Janvier y yo a tomar el aperitivo a la cervecería Dauphine, como ocurría con frecuencia, nos siguió.

Y otra mañana, a la hora de presentar los informes del día, lo encontré instalado en un rincón del despacho del gran jefe.

Eso duró algunos meses. Cuando le pregunté si estaba escribiendo, me contestó:

—Sigo con las novelas populares para ganarme la vida. De cuatro a ocho de la mañana. A las ocho he terminado mi jornada. No empezaré con las novelas semiliterarias hasta que no me sienta preparado.

No sé qué entendía él por «sentirse preparado», pero, después de un domingo en que lo invité a comer en el bulevar Richard-Lenoir y le presenté a mi mujer, cesó repentinamente de visitar el Quai des Orfèvres.

Resultaba raro no verlo en su rincón, levantándose cuando yo me levantaba, siguiéndome cuando yo salía y acompañándome paso a paso a través de los despachos.

Durante la primavera recibí una tarjeta verdaderamente inesperada.

Georges Sim tiene el honor de invitarle al bautizo de su barco L'Ostrogoth, que el señor cura de Notre-Dame oficiará el próximo martes en la plaza de Vert-Galant.

No fui. Supe por la policía del sector que durante tres días y tres noches una pandilla de energúmenos armó un gran alboroto a bordo de un barco anclado en el mismo centro de París y enarbolando un gran esturdarte.

Una vez, al cruzar el Pont Neuf, vi el barco en cuestión, y, al pie del mástil, a alguien que hurgaba en la máquina tocado con una gorra de capitán mercante.

La semana siguiente el barco ya no estaba allí, y la plaza de Vert-Galant había recobrado su aspecto habitual.

Más de un año después recibí otra invitación, escrita esta vez sobre una de nuestras fichas dactiloscópicas.

Georges Simenon tiene el honor de invitarle al baile antropométrico que tendrá lugar en la Boule Blanche, con motivo de la aparición de sus novelas policiacas.

Sim se había convertido en Simenon.

Más exactamente, al sentirse ya como una persona adulta, había recobrado su verdadero nombre.

No me preocupé. No asistí a ese baile, y a la mañana siguiente supe que había acudido el prefecto de policía.

Lo supe por los periódicos, por los mismos periódicos que me hacían saber, en primera página, que el comisario Maigret acababa de entrar ruidosamente en la literatura policiaca.

Aquella mañana, cuando llegué al Quai des Orfèvres y subí la gran escalera, no vi más que sonrisas socarronas y caras divertidas que se volvían hacia mí.

Mis inspectores hacían todo lo posible por mantenerse serios. Mis compañeros, durante la presentación de los informes del día, simulaban tratarme con un respeto inusual.

Solamente el gran jefe se comportó como si no hubiera pasado nada, preguntándome, como de costumbre:

—¿Y usted, Maigret? ¿Cómo van sus asuntos pendientes?

En las tiendas del barrio Richard-Lenoir ni un solo comerciante dejó de enseñarle el periódico a mi mujer, con mi nombre en grandes caracteres, preguntándole, impresionados:

—Es su marido, ¿verdad?

Sí, era yo, ¡por desgracia!

2

Donde se trata de lo que suele llamarse la pura
verdad y que no convence a nadie, y de otras
verdades «retocadas» que parecen más verdaderas
que las auténticas

Cuando se supo que yo estaba escribiendo este libro, después de que el editor de Simenon me ofreciese publicarlo antes de leerlo, incluso antes de que el primer capítulo estuviera terminado, observé en la mayor parte de mis amigos una aprobación algo dudosa. Estoy seguro de que pensaban: «Ahora le toca el turno a Maigret».

En efecto, en los últimos años, por lo menos tres de mis antiguos compañeros, de mi generación, han escrito y editado sus memorias.

Me apresuro a hacer notar que han seguido así una antigua tradición de la policía parisiense, gracias a la que, entre otras, contamos con las memorias de Macé y las del gran Goron, ambos, en su época, jefes de lo que entonces se llamaba la Dirección General de Seguridad. En cuanto al más ilustre de todos, el legendario Vidocq, no nos ha dejado sus recuerdos escritos por él mismo para poder compararlos con las descripciones que han hecho de él los novelistas, a menudo designándolo con su verdadero nombre, o bien, como en el caso de Balzac, dándole el nombre de Vautrin.

No me corresponde a mí defender a mis compañeros, pero no quiero dejar de contestar de pasada a una pregunta u objeción que he oído a menudo.

—Al leerlos —me han dicho—, habrían sido por lo menos tres los que habrían encontrado la solución de los casos célebres.

Se referían en particular al asunto Mestorino, que dio mucho que hablar en otros tiempos.

Podría haber dicho que yo también había participado en esa investigación, porque un caso de esa importancia requiere la colaboración de todos los departamentos. En cuanto al interrogatorio final, aquel famoso interrogatorio de veintiocho horas que se cita hoy como ejemplo, no fuimos cuatro, sino seis, los que nos relevamos para plantear de nuevo una a una las preguntas, de todas las maneras imaginables, con lo que ganábamos cada vez un trocito de terreno.

Tendría que ser muy perspicaz quien, en esas condiciones, pudiera decir cuál de nosotros, en un momento dado, provocó ese cambio que originó la confesión.

Debo declarar, en primer lugar, que yo no elegí el título de *Memorias*, y que se ha puesto, a fin de cuentas, a falta de otro mejor.

Lo mismo ocurre (subrayo esto al corregir las pruebas) con los subtítulos, como parece ser que se llaman los encabezamientos de los capítulos, que el editor, posteriormente, me ha pedido permiso para añadir, por razones tipográficas, según me ha dicho amablemente; en realidad, creo que ha sido para dar mayor ligereza a mi texto.

De todas las tareas que he cumplido en el Quai des Orfèvres la única de la que nunca me he quejado ha sido la redacción de los informes. ¿Se debe a un ansia atávica de exactitud, a los escrúpulos que siempre vi que mostraba mi padre?

Con frecuencia he oído la clásica frasecita: «En los informes de Maigret hay, sobre todo, paréntesis».

Probablemente porque quiero explicar demasiado, explicarlo todo; nada me parece sencillo ni definitivo.

Si se entiende por «memorias» el relato de los acontecimientos en los que me he visto mezclado en el transcurso de mi carrera, temo que la gente se sentirá defraudada.

En un periodo de cerca de medio siglo, no creo que haya habido más de una veintena de casos realmente sensacionales, incluidos aquellos a los que ya he hecho alusión: el caso Bonnot, el caso Mestorino, el caso Landru, el caso Serret y algunos otros.

De ellos, mis compañeros, mis antiguos jefes en ciertos casos, han hablado extensamente.

De otras investigaciones, las que eran interesantes por sí mismas, pero que no fueron portadas de periódicos, se ha encargado Simenon.

Esto me lleva adonde quería llegar, adonde trataba de llegar desde que he empezado este manuscrito, es decir, a la verdadera razón de ser de estas memorias, que no son tales, y ahora menos que nunca sé cómo voy a expresarme.

En el pasado, leí en los periódicos que Anatole France, que debía de ser al menos un hombre inteligente, y que empleaba gustoso la ironía, había posado para un retrato del pintor Van Dogen, y una vez que el cuadro estuvo terminado no solo se negó a pagarlo, sino que prohibió que se expusiera en público.

Hacia la misma época, una célebre actriz presentó una demanda sensacionalista contra un caricaturista que la había dibujado con rasgos que juzgaba ofensivos y perjudiciales para su carrera.

Yo ni soy académico ni primera actriz. No creo tener susceptibilidades exageradas. Jamás, en el transcurso de mis años de profesión, se me ha ocurrido enviar una rectificación a la prensa, la cual no ha dejado, sin embargo, de criticar mis acciones o mis métodos.

No todos pueden encargar su retrato a un pintor, pero en nuestros días todo el mundo puede, al menos, recurrir a un fotógrafo. Y creo que todos conocemos ese malestar que experimentamos ante una imagen nuestra que no es completamente exacta.

¿Comprenden lo que quiero decir? Me da un poco de vergüenza insistir. Sé que estoy tocando un punto esencial, ultrasensible, y de repente tengo con frecuencia miedo al ridículo, cosa que me ocurre pocas veces.

Creo que me daría lo mismo que se me pintara con rasgos completamente diferentes a los míos, y, si se quiere, hasta el punto de rayar en lo calumnioso.

Pero volvamos a la comparación de la fotografía. El objetivo no permite la inexactitud absoluta. La imagen es diferente, sin serlo. Ante la imagen que se nos muestra, con frecuencia somos incapaces de detectar ese detalle que nos choca, es decir, *eso* que no es nuestro, *eso* que no reconocemos como nuestro.

¡Pues bien! Durante años, ese ha sido mi caso en presencia del Maigret de Simenon, al que he visto crecer a mi lado, día a día, hasta el punto de que la gente me preguntaba de buena fe si yo había copiado sus tics, otros si mi nombre era realmente el de mi padre, o yo lo había copiado del novelista.

He tratado de explicar lo mejor posible cómo transcurrieron las cosas en un principio, inocentemente, en resumen, sin que aquello pareciera tener mayores consecuencias.

La juventud del muchacho que el bueno de Xavier Guichard me presentó un día en su despacho me indujo más a encogerme de hombros que a desconfiar de él. Sin embargo, algunos meses más tarde me vi completamente atrapado en un engranaje del que jamás pude salir, y del cual tampoco ahora conseguirán salvarme del todo las páginas que estoy escribiendo.

—¿De qué se queja usted? ¡Es famoso!

¡Lo sé! ¡Lo sé! Es muy fácil decirlo cuando no le ha pasado a uno. Confieso, incluso, que en ciertos momentos y en determinadas circunstancias no resulta desagradable, y no solamente debido a las satisfacciones del amor propio, sino con frecuencia a razones prácticas. Aunque solo fuera por conseguir un buen sitio en el tren, o en un restaurante abarrotado, o por no tener que hacer cola.

Durante largos años nunca he protestado, del mismo modo que nunca he mandado rectificaciones a los periódicos.

Y tampoco pretendo decir que estaba furioso por dentro ni que tenía que estar conteniendo mi rabia. Sería exagerado, y detesto las exageraciones.

Pero me prometí que algún día diría con calma, sin rencor ni resentimiento alguno, lo que tenía que decir y que pondría las cosas en perspectiva.

Ese día ha llegado.

¿Por qué lo he titulado *Memorias*? Repito que yo no soy responsable, y que no elegí yo ese título.

En realidad, no trataré en ellas ni de Mestorino, ni de Landru, ni del abogado del Macizo Central, que mataba a sus víctimas metiéndolas en una bañera llena de cal viva.

Se trata simplemente de confrontar un personaje con otro y una verdad con otra.

Enseguida verán ustedes qué entienden algunos por «verdad».

Esto ocurrió al principio, en la época del baile antropométrico, que sirvió, con algunas otras manifestaciones más o menos espectaculares y de buen gusto, para el lanzamiento de lo que ya comenzaba a llamarse los «primeros Maigret»; dos volúmenes que se titulaban: *El ahorcado de Saint-Pholien* y *La muerte del señor Gallet*.

No ocultaré que leí inmediatamente estos dos. Y de nuevo me parece estar viendo a Simenon al llegar a mi despacho al día siguiente, satisfecho de sí mismo, si cabe con mayor seguridad aún que antes, pero, a pesar de todo, con cierta ansiedad reflejada en su mirada.

—¡Sé lo que va usted a decirme! —me gritó cuando me disponía a hablar.

Y, mientras iba de un lado a otro del despacho, me explicó:

—No ignoro que esos libros están plagados de inexactitudes técnicas. Sería inútil intentar contarlas. Sepa que son intencionadas, y voy a explicarle por qué.

No anoté todo su discurso, pero recuerdo la frase esencial que después me ha repetido a menudo con una satisfacción rayana en el sadismo.

—La verdad nunca parece cierta. Y no me refiero solo a la literatura o a la pintura. Tampoco le citaré el caso de las columnas dóricas, cuyas líneas nos parecen rigurosamente perpendiculares, y que dan esa impresión por ser ligeramente curvas. Si fuesen rectas, nuestro ojo las vería como hinchadas, ¿me comprende?

En aquel entonces aún le gustaba demostrar su erudición.

—Cuéntele a alguien una historia, cualquier historia. Si usted no la modifica, no se la creerá, le resultará artificial. Modifíquela, y resultará más creíble que la verdad misma.

Pregonaba estas últimas palabras como si se tratase de un descubrimiento sensacional.

—Convertirla en algo más real que la verdad misma; en eso reside todo. Pues bien, yo lo he convertido en alguien más real que usted mismo.

Me quedé mudo. De momento, el pobre comisario que yo era, el comisario «menos real que el auténtico», no supo qué responder.

Y él, con profusión de gestos y cierto acento belga, pretendía demostrarme que mis investigaciones, tal como él las había contado, resultaban más verosímiles (¿quizá —dijo él— más exactas?) que como yo las había vivido.

En nuestros primeros encuentros, en otoño, no le había faltado seguridad en sí mismo. Pero ahora, estimulado por el éxito, rebosaba seguridad, tanta que podría haberla vendido a todos los timoratos de la tierra.

—Siga mi razonamiento, comisario...

Había decidido suprimir lo de «señor».

—En una verdadera investigación hay cincuenta, o quizá más, agentes encargados de la búsqueda del culpable. No solamente usted y sus inspectores son los que siguen una pista. Se alerta a la policía y a la gendarmería de todo el país. Se investiga en las estaciones de tren, en los muelles para controlar la salida de los barcos y en las fronteras. Y no mencionaré a los informadores, y menos aún a los aficionados que se entrometen en la investigación.

»Trate de dar una imagen más o menos fiel de ese maremágnum en las doscientas o doscientas cincuenta páginas de un libro. Una novela de varios tomos no sería suficiente, y el lector acabaría desalentado después de algunos capítulos, enredándolo y confundiéndolo todo.

»Y, sin embargo, en la realidad, ¿quién es el que impide que se produzca esa confusión, a quién es al que se encuentra cada mañana poniendo a cada uno en su lugar y siguiendo el hilo de la madeja?

Me miraba de arriba abajo con aire triunfal.

—Es usted, y lo sabe perfectamente. Es usted quien dirige la investigación. No ignoro que un comisario de la policía judicial o un jefe de brigada especial no recorren las calles personalmente para ir a interrogar a una portera o a un tabernero.

»Tampoco ignoro que, salvo en casos excepcionales, no pasa usted la noche caminando bajo la lluvia en calles desiertas, esperando que tal o cual ventana se ilumine, o que se abra cierta puerta. A pesar de eso, es como si usted estuviera allí, ¿no es cierto?

¿Qué podía responder a eso? Desde cierto punto de vista, era lógico.

—Por tanto, ¡hay que simplificar! La primera cualidad, la cualidad esencial de una verdad es ser sencilla. Yo he simplificado. He reducido a su expresión más sencilla los engranajes que funcionan a su alrededor, sin que por ello el resultado cambie en absoluto.

»Donde normalmente se mueven en desorden cincuenta inspectores, más o menos anónimos, solo he conservado a tres o cuatro que tienen una personalidad propia.

Traté de objetar:

—A los otros no les ha gustado.

—Yo no escribo para los pocos funcionarios de la policía judicial. Cuando se escribe un libro sobre los maestros, hágase lo que se haga, se deja descontentos a decenas de miles de ellos. Ocurriría lo mismo si se escribiese sobre los jefes de estación o sobre las mecanógrafas. ¿En qué estábamos?

—En las distintas clases de verdad.

—Trataba de demostrarle que la mía es la única válida. ¿Quiere usted otro ejemplo? No es necesario pasar en este edificio los días que yo he pasado para saber que la policía judicial, que forma parte de la prefectura de policía, no puede actuar más que en el perímetro de París y, por extensión, en ciertos casos, en el departamento del Sena. Sin embargo, en *La muerte del señor Gallet*, relato una investigación que tiene lugar en el centro de Francia. ¿Ha estado usted allí? ¿Sí o no?

La respuesta era sí, naturalmente.

—Estuve, es cierto, pero en una época en que...

—En una época en la que, durante algún tiempo, trabajó usted para la calle de Saussaies, y no para el Quai des Orfèvres. ¿Para qué turbar las ideas del lector con sutilezas administrativas? Sería necesario, para cada investigación, explicar al comienzo: «Esto pasaba en tal año. Entonces Maigret estaba destinado en tal servicio».

»Déjeme terminar....

Tenía una idea en la cabeza y sabía que iba a tocar un punto sensible.

—Por sus costumbres, sus actitudes y su carácter, ¿es usted un hombre del Quai des Orfèvres o un hombre de la calle Saussaies?

Pido perdón a mis colegas de la Dirección General de Seguridad, entre los cuales cuento con buenos amigos; pero no, no digo nada nuevo al admitir que existe una pequeña rivalidad entre las dos organizaciones.

Admitamos también lo que Simenon comprendió desde el principio: que en aquel tiempo había dos tipos de policías muy distintos.

Los de la calle de Saussaies, que dependían directamente del ministro del Interior, por la fuerza de las circunstancias, estaban más o menos obligados a ocuparse de asuntos políticos.

No es mi intención criticarlos, pero, por lo que a mí concierne, confieso que prefiero no encargarme de ese tipo de trabajos.

En el Quai des Orfèvres, nuestro campo de acción tal vez sea más restringido, esté más relacionado con la vida cotidiana. Efectivamente, nos contentamos con ocuparnos de los malhechores de todo tipo y, en general, de todo lo que se incluya en la palabra «policía», en el ámbito de lo «judicial».

—Estará de acuerdo conmigo en que es usted un hombre del Quai des Orfèvres. Está orgulloso de ello. Pues bien, yo he hecho de usted un hombre del Quai des Orfèvres. He tratado de convertirlo en un prototipo. ¿Cree usted necesario que debido a ciertas minucias, a su obsesión por la exactitud, presente esa imagen menos clara, explicando que en tal año, por razones que resultarían complicadas de entender, cambió provisionalmente de casa, lo cual le permitió trabajar por toda Francia?

—Pero...

—Un momento. El primer día que nos vimos le dije que no era periodista, sino novelista, y recuerdo haber prometido al señor Guichard que en mis relatos no revelaría ninguna indiscreción que pudiera perjudicar a la policía.

—Ya lo sé. Pero...

—¡Caramba, Maigret, escúcheme!

Era la primera vez que me hablaba así. También era la primera vez que aquel muchacho me hacía callar.

—He cambiado los nombres, salvo el suyo y el de dos o tres de sus colaboradores. También he tenido buen cuidado de cambiar las localidades. Con frecuencia, para mayor precaución, he cambiado las relaciones familiares existentes entre los personajes.

»He simplificado, y a veces no ha quedado más que un interrogatorio, cuando en realidad usted llevó a cabo cuatro o cinco, y solo dos o tres pistas, a pesar de que al inicio de la investigación usted disponía de diez.

»Soy yo quien tiene razón, y mi verdad es la buena. Le he traído una prueba de ello.

Me señaló una pila de libros que había colocado sobre mi mesa al llegar, y en los cuales no me había fijado.

—Estos son libros escritos por especialistas en cuestiones policiacas en los últimos veinte años, relatos auténticos, de la clase de verdad que a usted le gusta. Léalos. Conoce usted la mayoría de las investigaciones que esos libros cuentan con detalle. Pues bien, apuesto a que no las reconoce, precisamente porque esa obsesión por ser objetivo falsea esa verdad permanente, que siempre *debe* ser sencilla.

»Y ahora...

¡Ya voy! Prefiero llegar enseguida a la confesión. Precisamente en ese momento supe cuál eran las razones de mi malestar.

Llevaba razón en todos los puntos que acababa de enumerar. Me tenía completamente sin cuidado que hubiera reducido el número de mis inspectores, de que me hiciera pasar las noches bajo la lluvia en el vez de que lo hicieran mis subordinados y de que hubiera confundido la Dirección General de Seguridad con la policía judicial.

Lo que en el fondo me chocaba, y yo no quería confesarme, era...

¡Dios mío! ¡Qué difícil es! Recuerden lo que he dicho de ese hombre ante su fotografía.

Centrémonos únicamente en el detalle del sombrero hongo. Peor para mí si me cubro de ridículo al confesar que ese detalle idiota me ha hecho sufrir más que todo el resto.

Cuando el joven Sim entró por primera vez en el Quai des Orfèvres, yo tenía aún un sombrero hongo en mi armario, pero lo usaba en raras ocasiones: para los entierros o para ceremonias oficiales.

Sin embargo, quiso la casualidad que en mi despacho estuviera colgada una fotografía tomada algunos años antes en no sé qué congreso, y en la que yo estaba con el maldito sombrero.

Eso hace que aún hoy en día, cuando me presentan a gente que no me ha visto nunca, tenga que oírla exclamar:

—¡Hombre! ¡Ha cambiado usted de sombrero!

En cuanto al famoso abrigo de cuello de terciopelo, no fue conmigo, sino con mi mujer, con quien Simenon hubo de explicarse un día.

Tuve uno, lo admito. Incluso he tenido varios, como todos los hombres de mi generación. Quizás hacia 1927 descolgase uno de esos viejos abrigos un día de mucho frío o de lluvia.

No soy presumido. Me preocupa muy poco la elegancia. Pero, quizá debido a eso, me horroriza destacar entre los demás. Y mi humilde sastre judío de la calle Turenne tiene tantos deseos como yo de que la gente se vuelva a mi paso.

«¿Es culpa mía si yo le veo así?», podría haberme respondido Simenon, al igual que el pintor que le pinta la nariz torcida o los ojos bizcos a su modelo.

La diferencia es que ese mismo modelo no tiene que vivir toda su vida frente a su retrato, y, además, no hay miles de personas que crean que tenga la nariz torcida o los ojos bizcos.

Esa mañana no le dije todo aquello. Me limité a replicar con cierto pudor y sin mirarlo de frente:

—¿Era indispensable simplificarme a *mí* también?

—Al principio, desde luego. Es preciso que el público se acostumbre a usted, a su silueta, a su manera de andar. Sin duda, acabo de encontrar la palabra adecuada. No es usted ahora más que una silueta, una espalda, una pipa, una manera de andar y de refunfuñar.

—Gracias.

—Los detalles irán apareciendo poco a poco. Ya lo verá usted. No sé el tiempo que llevará. Pero, con el tiempo, empezará usted a tener una vida más sutil, más compleja.

—Resulta tranquilizador.

—Por ejemplo, hasta ahora no ha disfrutado usted de vida familiar, a pesar de que el bulevar Richard-Lenoir y la señora Maigret constituyen casi la mitad de su existencia. Hasta ahora se ha limitado usted a llamar por teléfono a su casa, pero ya le verán allí.

—¿En bata y zapatillas?

—Incluso en la cama.

—Uso camisón —dije con ironía.

—Ya lo sé. Eso completa su imagen. Aunque se hubiese usted adaptado al pijama, yo le habría puesto un camisón.

Me pregunto en qué habría terminado esta conversación —probablemente en una fuerte disputa— si no me hubieran avisado que un informador de la calle Pigalle quería hablar conmigo.

—En resumen —le dije a Simenon cuando me tendía su mano—, está usted satisfecho.

—Todavía no, pero lo estaré.

¿Podía decirle entonces que le prohibía utilizar ni nombre? Legalmente, sí. Y aquello habría dado lugar a un pleito de los llamados parisienses que me habría cubierto de ridículo.

Aunque el personaje hubiera cambiado de nombre. Pero no habría dejado de ser yo mismo, o, más exactamente, ese yo simplificado que, si debíamos creer a su autor, resultaría cada vez más complejo.

Lo peor es que el tunante no se equivocaba, y que durante años iba a encontrar cada mes, en un libro con cubierta fotográfica, un Maigret que se parecía cada vez más a mí.

Si al menos aquello hubiera quedado reducido al ámbito de los libros... Pero también tomarían cartas en el asunto el cine y, más tarde, la radio y la televisión.

Es una sensación extraña ver en la pantalla, yendo, viniendo, hablando y limpiándose las narices a un señor que pretende ser uno mismo, que copia algunos de sus gestos, que pronuncia frases que uno ha pronunciado en circunstancias que uno ha conocido, que uno ha vivido, en ambientes que, a veces, se han reconstruido minuciosamente.

Con Pierre Renoir, el primero que interpretó a Maigret en la pantalla, acertaron con el parecido. Yo era un poco más alto y esbelto. La cara, naturalmente, era distinta, pero ciertas actitudes estaban tan bien logradas que supongo que el actor había estado observándome, sin que yo me diera cuenta.

Algunos meses más tarde me encogía veinte centímetros, y lo que perdía en altura lo ganaba en gordura, y me convertía, bajo los rasgos de Abel Tarride, en obeso y bonachón, tan blanducho que parecía un globo que iba a elevarse hasta el techo. Y no hablemos de la manera de guiñar el ojo con que yo subrayaba mis propios descubrimientos y mi habilidad.

No pude aguantar hasta el final de la película, pero mis tribulaciones no terminaron ahí.

Indudablemente, Harry Baur era un gran actor, pero en aquella época tenía unos veinte años más que yo, y un rostro a la vez fofo y trágico.

¡Sigamos!

Tras haber envejecido veinte años, rejuvenecía casi otros tantos mucho después, con un tal Préjean, a quien no tengo nada que reprochar —no más que a los otros—, pero que se parece mucho más a ciertos jóvenes inspectores de hoy que a los de mi generación.

Muy recientemente, por último, se me ha engordado de nuevo, engordado hasta el punto de reventar, a la vez que me ponía a hablar en inglés como si fuera mi lengua materna con las facciones de Charles Laughton.

De todos esos ha habido, por fortuna, por lo menos uno que ha tenido el placer de engañar a Simenon y de creer que mi verdad valía más que la suya.

Fue Pierre Renoir, quien no se puso un sombrero hongo en la cabeza, sino que utilizó uno blando, corriente, y ropa como la que usa cualquier funcionario, sea o no de la policía.

Me estoy dando cuenta de que no he hablado sino de detalles mezquinos, de un sombrero, de un abrigo, de una estufa de carbón, probablemente porque son esos detalles los que más llamaron mi atención.

A uno no le asombra convertirse en un hombre y luego en un viejo. Pero basta que un hombre se corte la punta de los bigotes para que él mismo no se reconozca.

La verdad es que prefiero abordar lo que considero debilidades menores antes de confrontar en profundidad a los dos personajes.

Si Simenon tiene razón, lo que es bastante posible, el mío parecerá grotesco y enrevesado al lado de su famosa verdad simplificada —o modificada—; y yo pareceré un cascarrabias que retoca su retrato.

Ahora que he empezado por la ropa, es preciso que continúe, aunque solo sea para mi tranquilidad personal.

Simenon me ha preguntado recientemente —de hecho, también él ha cambiado; ya no es aquel muchacho que vi por primera vez en el despacho de Xavier Guichard—, Simenon me ha preguntado, como decía, con un aire un poco burlón:

—¿Cómo va ese nuevo Maigret?

He tratado de contestarle con sus palabras de antaño:

—¡Va dibujándose! Por ahora, es tan solo una silueta. Un sombrero, un abrigo. Pero ¡es su verdadero sombrero, su verdadero abrigo! Poco a poco quizá vaya saliendo el resto, y llegue a tener brazos, piernas y tal vez un rostro. Quizá también piense por sí mismo, sin la ayuda de un novelista.

Simenon tiene ahora aproximadamente la edad que yo tenía cuando nos encontramos por primera vez. En aquella época, él tendía a considerarme un hombre maduro, e incluso, en el fondo, un hombre ya viejo.

No le he preguntado lo que opina hoy día, pero no he podido evitar hacerle observar:

—¿Sabe que, con los años, ha empezado usted a caminar, a fumar en pipa e incluso a hablar como *su* Maigret?

Lo cual es cierto y me proporciona —me lo concederán ustedes— una sabrosa venganza.

Es algo así como si empezara, a esas alturas de su vida, a creer que se había convertido en mí.

3

Donde trataré de hablar de un médico barbudo
que influyó en la vida de mi familia y tal vez,
a fin de cuentas, en la elección de mi carrera

No sé si esta vez encontraré el tono adecuado, porque esta mañana ya he llenado la papelera de páginas rotas, una tras otra.

Ayer por la tarde estuve a punto de dejarlo.

Mientras mi mujer leía lo que había escrito durante el
día, la observaba simulando leer yo el periódico, como de
costumbre, y en un determinado momento tuve la impresión de que se sorprendía, y después, hasta que terminó, me
dirigía miradas de asombro, incluso de pena.

En lugar de hablarme inmediatamente, se dirigió en silencio a guardar el manuscrito en el cajón, y se tomó su tiempo antes de comentar, esforzándose por hacer su observa-
ción en el tono más ligero posible:

—Se diría que no lo aprecias.

No había necesidad de preguntar de quién hablaba,
y me tocó el turno de simular que no comprendía, mirán-
dola con los ojos muy abiertos.

—¿Qué estás diciendo? ¿Desde cuándo no es amigo nuestro Simenon?

—Sí, bueno...

Yo trataba de adivinar lo que ella pensaba y de recordar lo que había escrito.

—Tal vez me equivoque —añadió mi mujer—. Seguramente estoy equivocada, puesto que tú lo dices. Pero, al leer ciertos párrafos, me ha dado la impresión de que se trataba de alguna venganza debido al rencor que sientes. Entiéndeme, no es uno de esos rencores que uno suele confesar, sino algo más hondo, más...

No añadió la palabra, y lo hice yo por ella: «... más vergonzoso...».

Sin embargo, bien sabe Dios que no era esa mi intención al escribir esas cuartillas. No solo he mantenido siempre las relaciones más cordiales con Simenon, sino que pronto se convirtió en un amigo de la familia, y nuestros escasos desplazamientos del verano han sido casi todos para ir a visitarlo a sus sucesivos domicilios, cuando aún vivía en Francia: en Alsacia, en Porquerolles, en Charente, en Vendée y alguno más. Y que incluso, si más recientemente acepté una gira semioficial que me ofrecieron llevar a cabo por Estados Unidos, no fue sino porque sabía que me encontraría con él en Arizona, donde vivía entonces.

—Te juro... —empecé con seriedad.

—Te creo. Son tus lectores los que tal vez no te crean.

Es culpa mía, estoy convencido. No estoy acostumbrado a manejar la ironía, y me doy cuenta de que debo hacerlo muy mal. Porque, precisamente, habría querido trazar con ligereza, por una especie de pudor, un tema difícil y algo penoso para mi amor propio.

Lo que trato de hacer, en resumen, es ajustar una imagen

a otra; un personaje con su doble, no con su sombra. Y Simenon ha sido el primero en animarme en esta empresa.

Añado, para tranquilidad de mi mujer, que es de una lealtad casi feroz con sus amistades, que Simenon, como lo dije ayer en otros términos porque estaba bromeando, ya no es el joven cuya seguridad agresiva me irritaba en otro tiempo; por el contrario, ahora es un hombre taciturno, que habla con cierta vacilación, sobre todo de los temas que le inspiran fuerte sentimientos, temeroso de afirmar, buscando —lo juraría— mi aprobación.

Dicho esto, ¿voy a seguir con mis críticas? Un poco más, a pesar de todo. Sin duda, será la última vez. La ocasión es demasiado tentadora, y no puedo resistirme a hablar de ella.

En los casi cuarenta volúmenes que ha dedicado a mis investigaciones, probablemente pueden contarse una veintena de alusiones a mi origen, a mi familia; algunas palabras sobre mi padre y sobre su profesión de administrador de fincas, una mención al colegio de Nantes, donde cursé una parte de mis estudios, y otras, muy breves, a mis dos años de Medicina.

Sin embargo, es el mismo hombre que ha necesitado cerca de ochocientas páginas para contar su infancia, hasta la edad de dieciséis años. Poco importa que lo haya hecho en forma de novela, que sean reales o no los personajes; por ello, no ha dejado de creer que su héroe no resultaba completo sin acompañarlo de sus padres, abuelos, tíos y tías, de quienes nos cuenta sus defectos y sus enfermedades, sus pequeños vicios y sus fibromas; y hasta el perro de la vecina ha tenido derecho a media página.

No me quejo; y, si hago esta aclaración es para defenderme de manera indirecta de antemano de la acusación que podrían hacerme de hablar de los míos con demasiada benevolencia.

Para mí, un hombre sin pasado no es un hombre completo. En el transcurso de ciertas investigaciones, he llegado a dedicar más tiempo a la familia y al ambiente de un sospechoso que al sospechoso mismo, y a menudo ha sido así como he descubierto la clave que podría haber permanecido oculta.

Se ha dicho, y es exacto, que he nacido en el centro del país, no lejos de Moulins, pero no recuerdo que se haya precisado que la propiedad de la que mi padre era administrador era una propiedad de tres mil hectáreas, en las cuales no había menos de veintiséis casas de labor.

No solamente mi abuelo, a quien conocí, fue uno de los aparceros ocupantes de una de esas casas, sino que sucedía, por lo menos, a tres generaciones de Maigret, que habían labrado la misma tierra.

Una epidemia de tifus, cuando mi padre era joven, diezmó a la familia, que se componía de siete u ocho hijos. Solo sobrevivieron dos, mi padre y una hermana, que más tarde se casó con un panadero y fijó su residencia en Nantes.

¿Por qué mi padre estudió en el instituto de Moulins, rompiendo así una tradición tan antigua? Tengo razones para creer que el sacerdote del pueblo se interesó por él. Pero aquello no significó la ruptura con la tierra, pues, tras dos años de estudio en una escuela de agricultura, regresó al pueblo y entró al servicio del castillo como ayudante del administrador.

Siempre siento cierta vergüenza al hablar de él. En efecto, tengo la impresión de que la gente dice: «Ha conservado de sus padres la imagen que se hizo de ellos cuando era un niño».

Y durante mucho tiempo me he preguntado si no me equivocaba, si mi espíritu crítico no se habría visto afectado por ello.

Pero me he encontrado a otros hombres como él, sobre todo entre los de su generación, de su misma condición social la mayoría de las veces, esa condición social que podría llamarse clase media.

Para mi abuelo, la gente del castillo, sus derechos, sus privilegios, su comportamiento no se cuestionaban. Nunca he sabido qué pensaba realmente al respecto. Era joven aún cuando mi abuelo murió, pero estoy convencido, al recordar ciertas miradas, y sobre todo ciertos silencios, de que su aprobación no era pasiva, y que no en todos los casos se trataba siquiera de aprobación o de resignación, sino que, por el contrario, provenía de cierto orgullo y de un sentido del deber muy marcado.

Ese sentimiento es el que ha subsistido entre los hombres como mi padre, mezclado con una reserva y una necesidad de ser honesto que ha podido confundirse con una actitud resignada.

Lo recuerdo con toda claridad. He conservado fotografías suyas. Era muy alto, muy delgado, y su delgadez se veía acentuada por sus estrechos pantalones y los zahones de cuero que le cubrían hasta por debajo de la rodilla. Era para él una especie de uniforme. No llevaba barba, pero sí largos bigotes de un rubio rojizo, en los cuales, cuando regresaba en invierno, yo notaba al abrazarlo cristalitos de hielo.

Nuestra casa se hallaba en el patio del castillo. Era una bonita casa de ladrillo, de una sola planta, que se alzaba sobre las construcciones bajas, en las que vivían familias de criados, palafreneros y guardas, cuyas mujeres trabajaban en su mayoría en el castillo como lavanderas, costureras o ayudantes de cocina.

En aquel patio, mi padre era una especie de soberano a quien los hombres hablaban con respeto, quitándose la gorra.

Una vez por semana, más o menos, salía en calesa al caer la noche —y a veces por la tarde—, con uno o varios aparceros para ir a comprar o vender animales en alguna feria lejana, y no regresaba hasta el día siguiente al atardecer.

Su despacho estaba en un edificio separado; en las paredes tenía fotografías de bueyes y caballos premiados, además de calendarios de las ferias, y, casi siempre, también había allí un manojo de las mejores espigas de trigo cosechadas en la propiedad, que iban secándose a medida que avanzaba el año.

Hacia las diez de la mañana, atravesaba el patio y se adentraba en un dominio aparte.

Dando vuelta a los edificios, llegaba a la gran escalinata que los campesinos no atravesaban jamás y pasaba cierto tiempo tras los anchos muros del castillo.

Era para él, en resumen, lo que para nosotros es la presentación cada mañana de los informes en la policía judicial, y, de niño, yo estaba orgulloso de verlo subir aquella prestigiosa escalinata, muy tieso, sin trazas de servilismo.

Hablaba poco; rara vez reía, pero, cuando lo hacía, uno se quedaba sorprendido al descubrir aquella risa joven, casi infantil, y al ver cómo se divertía con bromas ingenuas.

Contrariamente a la mayoría de la gente que yo conocía, mi padre no bebía. En cada comida, le ponían en la mesa una botella pequeña de un vino blanco ligero reservado para él, elaborado en la propiedad, y jamás lo vi tomar otra cosa, ni siquiera en las bodas o en los entierros. En las ferias, donde estaba obligado a frecuentar las posadas, solo tomaba café, al que era muy aficionado.

Yo lo veía como un hombre, e incluso un hombre de cierta edad. Yo tenía cinco años cuando murió mi abuelo. En cuanto a mis abuelos maternos, vivían a más de cincuenta kilómetros de allí, y no hacíamos el viaje más que dos veces al año, por lo que los conocía poco. No eran labradores. En un pueblo bastante importante poseían una tiendecita que, como es frecuente en el campo, tenía una cafetería adjunta.

No me atrevería a afirmar hoy que no fuera esa la razón por la que nuestra relación con ellos no era más cercana.

Tenía algo menos de ocho años cuando me di cuenta de que mi madre estaba embarazada. Por frases captadas al azar, por cuchicheos, comprendí más o menos que el acontecimiento era inesperado, y que después de mi nacimiento los médicos le habían dicho a mi madre que era improbable que pudiera tener más hijos.

Todo esto lo he ido reconstruyendo después, trozo a trozo, y me figuro que ocurre así con todos los recuerdos de la infancia.

En aquella época, en el pueblo vecino, más importante que el nuestro, había un médico con la barba rojiza y puntiaguda que se llamaba Gadelle —Victor Gadelle, si no me equivoco—, de quien se hablaba mucho, casi siempre con gran misterio, y, probablemente debido a su barba y también a todo lo que se contaba sobre él, yo lo veía casi como una especie de demonio.

Había vivido una tragedia, una verdadera tragedia, la primera que conocí y que me impresionó mucho, mucho más porque tendría una profunda influencia en nuestra familia y, por tanto, en toda mi existencia.

Gadelle bebía. Bebía más que cualquier campesino de la región y no solo de vez en cuando, sino todos los días; empezaba por la mañana y así seguía hasta la noche. Bebía lo suficiente para expeler, en el calor de una habitación, un olor a alcohol que yo siempre percibía con disgusto.

Además, era poco cuidadoso con su persona. Incluso podría decirse que tenía un aspecto desaseado.

¿Cómo podía ser amigo de mi padre siendo así? Era un misterio para mí. Lo cierto es que venía a verlo con frecuencia, a charlar con él en nuestra casa, e incluso se había establecido una especie de ritual entre ambos: cuando llegaba el médico, mi padre sacaba del aparador acristalado una pequeña garrafa de aguardiente que reservaba solo para él.

En aquella época, yo apenas sabía nada de esa primera tragedia que había marcado su vida. La mujer del doctor Gadelle se quedó embarazada por sexta o séptima vez. A mis ojos era una mujer mayor, pese a que debía de tener unos cuarenta años.

¿Qué pasó el día del parto? Parece ser que Gadelle regresó a su casa más borracho que de costumbre y que siguió bebiendo mientras esperaba a que llegara el momento del nacimiento, junto a la cabecera de la cama.

La espera fue más larga de lo normal. Habían llevado a sus otros hijos a casa de unos vecinos. Por la mañana, puesto que todo seguía igual, la cuñada, que había pasado la noche con ambos, se fue un momento a su casa.

Al parecer, se oyeron gritos, un tremendo alboroto e idas y venidas en la casa del médico.

Cuando entraron, Gadelle lloraba en un rincón. Su mujer estaba muerta y el niño también.

Y, mucho tiempo después, aún sorprendía a las cotillas del pueblo murmurando entre ellas, indignadas o bien consternadas:

—¡Fue una verdadera carnicería...!

Durante meses se habló del asunto Gadelle, que era el tema de todas las conversaciones, y que, como era de esperar, dividió a la localidad en dos bandos.

Algunos —y eran muy numerosos— iban a la ciudad, a pesar de que entonces suponía un largo viaje, a consultar a otro médico, mientras que otros, indiferentes o confiados a pesar de todo, seguían llamando al médico barbudo.

Mi padre jamás me dijo nada sobre lo ocurrido. Me limito, por tanto, a hacer conjeturas.

Sin embargo, Gadelle nunca dejó de visitarnos. Venía a nuestra casa como antes, entre una visita médica y otra, y mi padre seguía ofreciéndole aguardiente.

Entonces bebía menos. Decían que nunca se le veía borracho. Una noche lo llamaron para un parto en la más alejada de las casas de labor, y se desenvolvió perfectamente. Al regresar a su casa pasó por la nuestra, y recuerdo que estaba muy pálido; recuerdo claramente a mi padre estrechándole la mano con una insistencia que no acostumbraba, como si quisiera darle ánimos, o decirle: «Ya ve usted que no hay que desesperar».

Porque mi padre nunca perdía del todo la confianza en la gente. Jamás lo oí pronunciar un juicio irrevocable, incluso cuando un aparcero de la heredad del castillo, un individuo insolente e indeseable, a quien mi padre había denunciado anteriormente por malversaciones, lo denunció a su vez por haber llevado a cabo artimañas deshonestas.

Es cierto que, si tras la muerte de su mujer y del niño nadie le hubiera tendido una mano, el médico habría sido un hombre acabado.

Mi padre lo hizo. Y, cuando mi madre se quedó embarazada, cierto sentimiento difícil de expresar, pero que entiendo perfectamente, lo obligó a llegar hasta el final.

Sin embargo, tomó alguna precaución. En los últimos tiempos del embarazo fue dos veces con mi madre a Moulins para que la visitase un especialista.

Llegó el momento. A medianoche, un criado de las caballerizas fue a caballo a buscar al médico. No tuve que irme de casa, pero me quedé encerrado en una habitación, terriblemente impresionado, a pesar de que, como todos los chicos del campo, tenía desde muy joven conocimientos sobre esas cosas.

Mi madre murió a las siete de la mañana, cuando rayaba el alba, y, cuando yo bajé, el primer objeto que llamó mi atención, a pesar de mi emoción, fue la pequeña garrafa de aguardiente que había en la mesa del comedor.

Fui, pues, hijo único. Una chica de la región se instaló en casa para ocuparse del hogar y también de mí. Después nunca volví a ver al doctor Gadelle en casa, y tampoco volví a oír a mi padre hablar de él.

A esta tragedia siguió un periodo muy gris, confuso. Iba al colegio del pueblo. Mi padre cada vez hablaba menos. Tenía treinta y dos años, y solo ahora me doy cuenta de lo joven que era.

No protesté cuando, al cumplir doce años, se habló de enviarme como interno al instituto de Moulins, adonde era imposible llevarme a diario.

Permanecí en él unos meses. Era desgraciado; me sentía un extraño en un mundo nuevo que me resultaba hostil. No le dije nada a mi padre, que me llevaba a casa todos los sábados por la tarde. Nunca me quejé.

Él debió de comprenderlo, porque durante las vacaciones de Pascua un día vino a vernos su hermana, cuyo marido había abierto una panadería en Nantes, y me di cuenta de que se trataba de un plan urdido por correspondencia.

Mi tía, que tenía la tez muy rosada, empezaba a engordar. No tenía hijos, y eso la entristecía.

Durante varios días noté que daba vueltas a mi alrededor, como si quisiera que me familiarizase con ella.

Me hablaba de Nantes, de su casa cerca del puerto, del delicioso aroma del pan caliente, de su marido, que se pasaba toda la noche horneando y dormía durante el día.

Se mostraba muy alegre. Yo había intuido lo que pretendían y me resigné a mi suerte, o, más exactamente, porque no me gusta esa palabra, lo acepté.

Un domingo después de misa mi padre y yo sostuvimos una larga conversación paseando por el campo. Fue la primera vez que me habló como a un hombre. Me habló de mi futuro: me dijo que no podía seguir estudiando en el pueblo y tampoco seguir interno en Moulins porque eso suponía privarme de una vida familiar normal.

Hoy sé lo que pensaba realmente. Se dio cuenta de que la compañía de un hombre como él, encerrado en sí mismo y que vivía a solas con sus pensamientos, no era deseable para un muchacho que tenía toda una vida por delante.

Me marché pues con mi tía cargado con una pesada maleta que traqueteaba detrás de nosotros en el carruaje que nos conducía a la estación.

Mi padre no lloró. Yo tampoco.

Esto es, poco más o menos, todo lo que sé de él. Durante algunos años, en Nantes, fui el sobrino del panadero y de la panadera, y casi me acostumbré a aquel hombre, cuyo velludo pecho veía cada tarde a la luz rojiza del horno.

Pasaba todas las vacaciones con mi padre. No me atrevo a decir que éramos como un par de extraños. Pero yo tenía mi propia vida, mis ambiciones y mis problemas.

Aquel era mi padre, a quien amaba, a quien respetaba, pero a quien ya no trataba de comprender. Y así fue durante años. ¿Siempre ocurre así? Tengo cierta tendencia a creer que sí.

Cuando me asaltó la curiosidad era demasiado tarde para preguntar lo que tanto me habría gustado saber y que tanto me he reprochado después por no haberle preguntado, cuando él estaba allí para responderme.

Mi padre murió a los cuarenta y cuatro años, de una pleuresía.

Yo ya era un hombre joven y había empezado mis estudios de Medicina. La última vez que estuve en el castillo me llamó la atención los pómulos rosados de mi padre y sus ojos, que por la tarde se ponían brillantes, febriles.

—¿Ha habido tuberculosos en la familia? —le pregunté un día a mi tía.

Y ella me contestó, como si hablase de una tara vergonzosa:

—¡Nunca! ¡Todos eran fuertes como robles! ¿No te acuerdas del abuelo?

Precisamente de él era de quien me acordaba. Me acordaba de cierta tos seca que él achacaba al tabaco. Y todo lo lejos que alcanzaban mis recuerdos, siempre veía a mi padre con aquellos pómulos, que parecían incubar un fuego.

También mi tía tenía ese mismo color.

—¡Eso se debe a vivir siempre en el calor de una panadería! —replicaba.

Mi tía murió diez años más tarde del mismo mal que su hermano.

En cuanto a mí, de regreso a Nantes, donde debía recoger mis cosas antes de empezar una nueva vida, dudé un tiempo antes de presentarme en el domicilio particular de uno de mis profesores y pedirle que me auscultara.

—¡Ningún peligro por ese lado! —me aseguró.

Dos días después tomaba el tren para París.

Mi mujer no se molestará conmigo esta vez si vuelvo a Simenon y a la imagen que ha creado de mí, pues se trata de discutir un aspecto que ha sostenido en uno de sus li-

bros, uno de los más recientes, y que me afecta particularmente.

Es uno de los aspectos que más me han incomodado; y
no me refiero a las pequeñas cuestiones de indumentaria o
de cosas parecidas, que me ha divertido airear.

No sería hijo de mi padre si no fuese alguien puntilloso
respecto a mi carrera, y precisamente de eso se trata.

Tuve a veces la impresión, la desagradable impresión,
de que Simenon trataba en cierto modo de excusarme a
los ojos del público por haber ingresado en la policía.
Y estoy seguro de que muchos piensan que elegí esa profesión a falta de algo mejor.

Desde luego no cabe duda de que, efectivamente, había
empezado mis estudios de Medicina y de que yo mismo había elegido esa profesión, sin sufrir la presión de unos padres
más o menos ambiciosos, como es el caso frecuente.

Hacía años que ya no pensaba en ello ni me planteaba
cuestiones a este respecto, cuando, precisamente a causa de
unas frases escritas sobre mi vocación, el problema se me ha
ido imponiendo.

No he hablado de ello con nadie, ni siquiera con mi mujer. Hoy es necesario que supere ciertos pudores para aclarar
ciertas cosas, o al menos intentar hacerlo.

En uno de sus libros, Simenon habla de «reparador de
destinos», y él no ha inventado esta expresión, pues es mía,
y debí de soltarla algún día que charlábamos.

Me pregunto si no se originaría todo con la tragedia de
Gadelle, que, como pude comprobar después, me impresionó mucho más de lo que creía.

Porque era médico y porque había fracasado, la profesión

médica se revistió a mis ojos de un prestigio extraordinario, al punto de considerarla una especie de sacerdocio.

Durante años, sin darme cuenta, estuve tratando de comprender la tragedia de ese hombre que luchó contra su destino.

Recordaba la actitud de mi padre respecto a él; me preguntaba si él habría comprendido lo mismo que yo y si había sido por eso por lo que, pese a todo, le había dejado tentar su suerte.

De Gadelle pasé insensiblemente a la mayoría de las personas a quienes había conocido, casi todas ellas gente sencilla, con una vida tranquila en apariencia, y que, sin embargo, un día u otro habían tenido que enfrentarse con su destino.

No olviden que no son los pensamientos de un hombre adulto los que trato de expresar aquí, sino las ideas de un muchacho, primero, y luego de un adolescente.

La muerte de mi madre se me antojaba una tragedia estúpida y tan *inútil*...

Y todos esas tragedias, esos fracasos que yo conocía me sumían en una especie de desesperación furiosa.

¿Nadie podía hacer nada al respecto? ¿Debía admitir que en ninguna parte existía un hombre más inteligente o precavido que los otros —que yo veía más o menos bajo los rasgos de un médico de familia, de un Gadelle que no hubiese fracasado—, capaz de decir con dulzura y con firmeza: «Se equivoca usted de camino. Actuando así, se encamina usted fatalmente a la catástrofe. Su verdadero sitio está aquí y no allí»?

Creo que se trataba de eso: sentía que demasiada gente no estaba en el lugar que le correspondía, que se esforzaba en representar un papel que no se hallaba a su altura y que, en consecuencia, la partida estaba perdida de antemano.

Sobre todo, no vayan a creer que yo aspiraba a ser algún día esa especie de Dios todopoderoso.

Tras intentar comprender a Gadelle, y luego el comportamiento de mi padre respecto a él, seguí observando a mi alrededor, haciéndome las mismas preguntas.

Un ejemplo que les hará sonreír: un año éramos cincuenta y ocho alumnos en mi clase; cincuenta y ocho alumnos que procedían de distintos medios, con cualidades, ambiciones y defectos diferentes. Yo me divertía en asignar a mis compañeros su destino ideal, y en mi imaginación los llamaba: «El abogado... el maestro...».

También, durante un tiempo, trataba de adivinar de qué moriría la gente que me rodeaba.

¿Entienden ahora por qué tuve la idea de hacerme médico? La palabra «policía», para mí, no evocaba en aquel tiempo más que al guardia del pueblo apostado en la esquina de la calle. Y, si hubiera oído hablar de policía secreta, no habría tenido ni la menor idea de lo que significaba.

Pero debía ganarme la vida. Llegué a París sin la menor idea de la carrera que iba a elegir. Puesto que no había terminado mis estudios, no podía esperar mejor suerte que trabajar en una oficina. Con aquella idea en mente y sin el menor entusiasmo, me puse a leer los anuncios de los periódicos. Mi tío me había ofrecido, pero en vano, quedarme en la panadería y enseñarme el oficio.

En el pequeño hotel donde me alojaba, en la orilla izquierda, vivía también, en la misma planta que yo, un hombre que me intrigaba, un hombre de unos cuarenta años, al que, Dios sabe por qué, encontraba cierto parecido con mi padre.

Físicamente era todo lo distinto que uno podía esperarse del hombre rubio y delgado, con los hombros caídos, a quien siempre había visto con zahones de cuero. Este individuo era más bien pequeño y rechoncho, de piel morena, con una calvicie precoz, que escondía dirigiendo cuidadosamente el cabello hacia la frente, y con bigotes negros con las puntas vueltas hacia arriba con la ayuda de tenazas. Siempre iba correctamente vestido de negro; llevaba un abrigo con cuello de terciopelo, lo que explica el origen de cierto abrigo, y un bastón con puño de plata maciza.

Creo que el parecido con mi padre residía en su porte, en cierta manera de caminar, sin apretar nunca el paso, en su forma de escuchar, de mirar, y también, en cierto modo, de encerrarse en sí mismo.

La casualidad hizo que me encontrase con él en un restaurante de precio fijo del barrio; supe que cenaba allí todos los días, y, sin una razón precisa, deseé conocerle.

En vano traté de adivinar lo que podía hacer aquel hombre en la vida. Debía de ser soltero, porque vivía solo en el hotel. Lo oía levantarse por las mañanas y regresar de noche a distintas horas.

Nunca recibía visitas, y la única vez que lo encontré acompañado estaba hablando en la esquina del bulevar Saint-Michel con un individuo de aspecto tan desagradable que, sin duda, se le habría calificado de malhechor en aquella época.

Yo estaba a punto de conseguir un puesto en una tienda de pasamanería de la calle des Victoires. Debía presentarme al día siguiente con referencias, que había pedido por correo a mis antiguos profesores.

Aquella noche, en el restaurante, movido por no sé qué instinto, me decidí a levantarme de la mesa, precisamente en el momento en que mi vecino de rellano colocaba su servilleta en el servilletero, de modo que nos encontramos en la puerta, que yo mantuve abierta para dejarle salir.

Él debió de fijarse en mí. Quizás adivinó mi deseo de hablarle, porque me miró con aire protector.

—Muchas gracias —me dijo. Y luego, viendo que permanecía de pie en la acera, añadió—: ¿Regresa usted al hotel?

—Creo que sí... No lo sé...

Hacía una hermosa noche otoñal. Los muelles no estaban lejos, y se veía la luna elevarse por encima de los árboles.

—¿Está solo en París?

—Sí, estoy solo.

Sin pedir mi compañía, la aceptaba, o la admitía, como un hecho natural.

—¿Busca usted trabajo?

—¿Cómo lo sabe?

No se molestó en contestarme, y se metió una pastilla en la boca. Pronto supe por qué. Tenía mal aliento, y él lo sabía.

—¿Ha llegado usted de provincias?

—De Nantes; pero nací en un pequeño pueblo.

Le hablaba con confianza. Era prácticamente la primera vez que me relacionaba con alguien desde que estaba en París, y su silencio no me molestaba en absoluto, sin duda porque estaba acostumbrado a los silencios cariñosos de mi padre.

Yo ya le había contado casi toda mi historia cuando llegamos al Quai des Orfèvres, al otro lado del puente de Saint-Michel.

Se detuvo delante de una gran puerta entreabierta y me dijo:

—¿Quiere esperarme un instante? Tengo que entrar unos minutos.

Un agente de policía de uniforme estaba de guardia en la puerta. Tras caminar de un lado a otro de la calle, le pregunté al agente:

—¿No es este el Palacio de Justicia?

—Esta entrada es la de los locales de la Dirección de Seguridad.

Mi vecino de rellano se llamaba Jacquemain; efectivamente era soltero; lo supe aquella noche, mientras deambulábamos a lo largo del Sena, cruzando varias veces los mismos puentes, siempre con la masa del Palacio de Justicia dominando el paisaje.

Era inspector de policía, y me habló de su profesión brevemente, como lo habría hecho mi padre de la suya, con el mismo orgullo pero sin jactancia alguna.

Lo mataron tres años más tarde, antes de que yo tuviera acceso a aquellos despachos del Quai des Orfèvres, que tanto prestigio habían alcanzado a mis ojos. Sucedió al lado de la Porte d'Italie, en el curso de una refriega. Una bala, que no le estaba destinada, lo alcanzó en pleno pecho.

Su fotografía permanece colgada aún hoy, junto a otras, en uno de esos cuadro enmarcados de negro y encabezados por la leyenda: «Muerto en acto de servicio».

Él habló poco. Sobre todo me escuchaba. Lo que no me

impidió decirle, hacia las once de la noche, con una voz temblando de impaciencia:

—¿Cree usted realmente que sería posible?

—Le contestaré mañana por la noche.

Evidentemente, no se trataba de entrar directamente a formar parte de la Dirección de Seguridad. No había llegado aún la época de los títulos, y todo el mundo debía empezar por abajo.

Mi única ambición era ser aceptado, sin importarme cómo, en cualquiera de las comisarías de París; que se me admitiera, para descubrir por mí mismo un aspecto del mundo que el inspector Jacquemain solo me había hecho entrever.

En el momento de despedirnos en el descansillo de nuestro hotel —que más adelante fue demolido—, el inspector me preguntó:

—¿Le molestaría mucho llevar uniforme?

Me alteré ligeramente, lo confieso, una pequeña vacilación que no se le escapó, y que no debió de agradarle.

—No... —contesté en voz baja.

Y llevé uniforme, no mucho tiempo, unos siete u ocho meses. Como tenía piernas largas y era muy delgado y rápido, por extraño que pueda parecer hoy, me dieron una bicicleta para conocer un París en el que me perdía continuamente, y me encargaron repartir despachos en las distintas oficinas oficiales.

¿Ha contado esto Simenon? No lo recuerdo. Durante meses, encaramado en mi bicicleta, me deslicé entre los simones y ómnibus imperiales tirados aún por caballos, y que, especialmente cuando bajaban de Montmartre, me daban un miedo espantoso.

Los funcionarios usaban aún levita, chistera y, a partir de cierta categoría, chaqué.

Los agentes, en su mayoría, eran hombres de cierta edad, a menudo de nariz colorada, y se les veía frecuentemente tomando una copa en el mostrador de cinc de un bar en compañía de los cocheros, de los que se burlaban los tonadilleros sin vergüenza alguna.

Yo aún no estaba casado. Me fastidiaba llevar uniforme a la hora de conquistar a las muchachas, y decidí que mi verdadera vida no empezaría hasta el día en que entrara en el edificio del Quai des Orfèvres no como mensajero portador de documentos oficiales, sino como inspector.

Cuando le hablaba de esta ambición, mi vecino de rellano no sonreía, me miraba con aire soñador y murmuraba:

—¿Por qué no?

Yo no podía imaginar que tendría que asistir tan pronto a su funeral. Mis pronósticos sobre los destinos humanos dejaban bastante que desear.

4

Donde me como los pastelitos de Anselme
y de Géraldine ante las mismas narices
de los ingenieros de caminos

¿Acaso mi padre y mi abuelo se preguntaron alguna vez si habían podido ser una cosa distinta de lo que eran? ¿Habían tenido otras ambiciones? ¿Envidiaban una suerte distinta de la suya?

Resulta extraño haber vivido tanto tiempo con algunas personas y no saber nada de lo que hoy parece esencial. A menudo me he planteado esa pregunta, con la impresión de estar a caballo entre dos mundos totalmente ajenos el uno del otro.

Simenon y yo hablamos de este asunto no hace mucho tiempo en mi apartamento del bulevar Richard-Lenoir. Creo que era el día anterior a su viaje a Estados Unidos. Se había detenido ante la ampliación de la fotografía de mi padre, a pesar de haberla visto durante años en la pared del comedor.

Mientras la examinaba con una atención particular, me dirigía breves miradas escrutadoras, como si tratase de establecer comparaciones, lo que le daba un aire soñador.

—En resumen, usted, Maigret, nació en el ambiente ideal y en el momento preciso de la evolución de una familia, para llevar a cabo una gran tarea, como se decía antes, o, si lo prefiere así, para llegar a ser un funcionario de elevada categoría.

Aquello me impresionó, porque yo ya había pensado en ello de una manera menos precisa, y sobre todo menos personal; había reparado en el gran número de mis compañeros que provenían de familias campesinas y que pronto habían perdido el contacto con su tierra.

Simenon continuaba hablando, como si lo lamentara o me envidiase:

—Yo me he adelantado una generación. Tengo que remontarme a mi abuelo para encontrar el equivalente de su padre. Mi padre ya era funcionario.

Mi mujer lo miraba con atención, esforzándose por comprenderlo; y entonces él adoptó un tono más ligero para decir:

—Normalmente, yo debería haber tenido acceso a las profesiones liberales por la puerta pequeña, desde abajo, sufrir penalidades para llegar a ser médico de barrio, abogado o ingeniero. O quizá...

—¿O quizá qué?

—Ser un amargado, un rebelde. Lo que debe de ocurrirle a muchos. Si no, habría demasiados médicos y abogados. Creo que pertenezco a la categoría que provee mayor número de fracasados.

No sé por qué recuerdo ahora esta conversación. Probablemente porque evoco los años de mis comienzos y trato de analizar mi estado de ánimo en aquella época.

Estaba solo en el mundo. Acababa de llegar a un París que no conocía y cuya riqueza se exhibía de forma más ostensible que hoy.

Dos cosas llamaban la atención: esa riqueza, por una parte, y por la otra, la pobreza; y yo pertenecía al segundo grupo.

Unos cuantos vivían, ante los ojos del pueblo, una vida ociosa y refinada, y los periódicos daban cuenta de los hechos y las actitudes de esa gente, que no tenían otras preocupaciones que satisfacer sus placeres y sus vanidades.

Sin embargo, ni por un momento tuve la tentación de rebelarme. No los envidiaba. No deseaba parecerme a ellos algún día. No comparaba mi suerte con la suya.

Para mí, formaban parte de un mundo tan diferente como el de otro planeta.

Recuerdo que tenía por entonces un apetito insaciable, que ya era legendario desde mi niñez. En Nantes, mi tía disfrutaba contando que me había visto comer, al regresar del instituto, un pan de cuatro libras, lo que no me había impedido cenar dos horas más tarde.

Ganaba muy poco dinero, y mi mayor preocupación era satisfacer ese apetito que había en mí; yo no veía el lujo en las terrazas de los famosos cafés de los bulevares, ni en los escaparates de la calle de la Paix, sino más prosaicamente en los mostradores de las charcuterías.

En los recorridos por la ciudad que solía hacer, conocía cierto número de charcuterías que me fascinaban, y en la época en que aún circulaba por París con uniforme, encaramado sobre mi bicicleta, calculaba el tiempo a fin de ganar unos pocos minutos necesarios para comprar y devorar sobre la acera un pedazo de salchichón o un poco de paté, con un pan que había comprado en la panadería de la esquina.

Con el estómago satisfecho, me sentía feliz y lleno de confianza. Hacía mi trabajo a conciencia. Concedía importancia a cualquier tarea que me confiaban. Y no me preocupaba trabajar horas extras. Consideraba que todo mi tiempo pertenecía a la policía y me parecía natural que me hicieran trabajar doce o catorce horas seguidas.

Si menciono esto último no es por atribuirme mérito alguno, sino, por el contrario, porque, por lo que recuerdo, aquella era una actitud común en esa época.

Pocos agentes de policía tenían más cultura que la que aporta la educación primaria. Debido al inspector Jacquemain, mis superiores sabían —pero yo aún ignoraba que lo supieran y quiénes estaban al tanto— que yo había empezado estudios universitarios.

Después de algunos meses me sorprendí mucho cuando me designaron para un puesto que me parecía inmerecido: el de secretario de la comisaría de policía del barrio de Saint-Georges.

Sin embargo, en aquella época, ese puesto tenía muy poca categoría. A aquel empleo se le llamaba ser el perro del comisario.

Me quitaron la bicicleta, el quepis y el uniforme. Me quitaron también la posibilidad de detenerme en una charcutería en el curso de mis cometidos a través de las calles de París.

Aprecié especialmente el hecho de vestir de civil el día en que, pasando por la acera del bulevar Saint-Michel, oí que una voz me llamaba.

Era un muchacho alto, con delantal blanco, que corría tras de mí.

—¡Jubert! —exclamé.

—¡Maigret!

—¿Qué haces aquí?

—¿Y tú?

—Escúchame. No puedo permanecer fuera ahora. Ven a buscarme a las siete delante de la farmacia.

Jubert, Félix Jubert, era uno de mis compañeros de la facultad de Medicina de Nantes. Sabía que había interrumpido sus estudios al mismo tiempo que yo, pero creo que por razones distintas. Sin ser un mal estudiante, era algo obtuso y recuerdo que se decía de él:

—Estudia muchísimo, pero al día siguiente apenas recuerda nada.

Era muy alto, huesudo, con una gran nariz, de rasgos toscos, cabello rojizo y siempre lo he conocido con la cara cubierta de granos, no con esos pequeños granos de acné que desesperan a los jóvenes, sino con enormes granos rojos o violáceos, que continuamente cubría con pomadas y polvos medicinales.

Fui a esperarle aquella misma tarde a la farmacia donde trabajaba desde hacía algunas semanas. No tenía familia en París. Vivía, por la zona de Cherche-Midi, en casa de una gente que tenía dos o tres pensionistas.

—¿Y tú? ¿Qué haces?

—He entrado en la policía.

Recuerdo sus ojos color violeta, claros como los de una niña, que trataban de ocultar su incredulidad. Su voz era extraña cuando repitió:

—¿Policía?

Miraba mi traje y, sin poder evitarlo, alrededor como si buscara al agente de guardia para establecer comparaciones.

—Soy el secretario del comisario.

—¡Ah! ¡Bueno, ya entiendo!

¿Fue debido a un exceso de amor propio por mi parte? ¿O se debió más bien a mi incapacidad para explicarme y a la suya para comprenderme? No le confesé que tres semanas antes llevaba el uniforme y que mi ambición era entrar en la Dirección General de Seguridad.

Para él, y para muchos otros, ser secretario era un puesto excelente y honorable; iba limpio y estaba en un despacho con mis libros y una pluma en la mano.

—¿Tienes muchos amigos en París?

Aparte del inspector Jacquemain, yo no conocía prácticamente a nadie, pues en la comisaría era aún un novato a quien se observaba antes de confiar plenamente en él.

—¿Una amiga especial tal vez? ¿Qué haces en tu tiempo libre?

En primer lugar, no disponía de mucho, y, en segundo, estudiaba porque, para alcanzar mi objetivo, estaba decidido a aprobar los exámenes que acababan de ser convocados.

Aquella noche cenamos juntos. En el momento del postre, me dijo:

—Tendré que presentarte.

—¿A quién?

—A gente muy interesante. Amigos. Ya verás.

No me dio más explicaciones ese primer día. Y no sé por qué estuvimos varias semanas sin volver a vernos. De hecho, podría no haber vuelto a verlo. No le había dado mi dirección y tampoco tenía la suya. No se me ocurrió esperarlo ante la farmacia.

De nuevo quiso el azar que nos encontrásemos en la puerta del Théâtre-Français, donde los dos hacíamos cola.

—¡Qué casualidad! Creí que no volveríamos a vernos. Ni siquiera sabía en qué comisaría trabajas. Les he hablado de ti a mis amigos.

Tenía una manera de referirse a esos amigos que uno podría haber pensado que se trataba de un clan extraño o de una secta misteriosa.

—¿Tienes algún chaqué, al menos?

—Tengo uno.

Era inútil añadir que era el chaqué de mi padre, un poco pasado de moda, puesto que lo había utilizado en su boda, y yo lo había hecho arreglar a mi medida.

—Te llevaré el viernes. Arréglatelas para estar libre el viernes a las ocho sin falta. ¿Sabes bailar?

—No.

—No importa. Pero sería preferible que tomaras algunas lecciones. Yo conozco una buena academia que no es cara. Allí aprendí yo.

Esta vez anotó mi dirección, e incluso la del pequeño restaurante donde yo acostumbraba a cenar cuando no estaba de servicio, y el viernes por la noche se encontraba en mi habitación, sentado en mi cama, mientras yo me vestía.

—Conviene que te explique algunas cosas para que no cometas ningún error. Tú y yo seremos los únicos que no pertenezcan al Cuerpo de Ingenieros de Caminos. Un primo lejano mío fue quien me presentó a los señores Léonard, que son encantadores. Su sobrina es la más encantadora de las jóvenes.

Comprendí inmediatamente que estaba enamorado y que a fin de mostrarme el objeto de su pasión me llevaba casi a la fuerza

—Hay otras, no te preocupes —me prometió—. Y muy simpáticas.

Como llovía y era importante no llegar chorreando, tomamos un coche de punto, el primer coche al que me subía en París sin una razón profesional. Recuerdo nuestras pecheras blancas cuando pasábamos ante las farolas de gas. Y recuerdo a Félix Jubert deteniendo el coche ante la tienda de una florista para adornar nuestros ojales.

—El viejo señor Léonard, Anselme, como lo llaman, está retirado desde hace unos diez años. Antes de jubilarse, era uno de los principales ingenieros de caminos, y, aún hoy en día, sus sucesores van a consultarlo. El padre de su sobrina también ejerce la misma profesión, al igual que el resto de la familia.

Por su manera de hablar de ese profesión, se notaba que para Jubert era, en cierto modo, una especie de paraíso perdido y que habría dado lo que fuese por no haber dilapidado sus mejores años estudiando Medicina, en vez de lanzarse de lleno a la otra carrera.

—¡Ya verás!

Y lo vi. Era en el bulevar Beaumarchais, no lejos de la plaza de la Bastilla, en un inmueble antiguo, pero confortable, bastante elegante. Todas las ventanas del tercer piso estaban iluminadas, y la mirada de Jubert al bajar del coche me indicó que era allí donde iba a tener lugar la fiesta mundana anunciada.

Yo no me sentía muy cómodo. Lamentaba haberme dejado convencer. El cuello duro me molestaba; me daba la impresión de que se me ladeaba constantemente la corbata y de que una de las colas de mi chaqué tenía tendencia a levantarse como la cola de un gallo.

La escalera estaba poco iluminada y recubierta con una alfombra carmesí que me pareció suntuosa. En las ventanas de los descansillos había vidrieras, que, durante mucho tiempo, consideré la máxima expresión de buen gusto.

Jubert había extendido una capa más espesa de ungüento sobre su rostro lleno de granos y no sé por qué aquello le daba unos reflejos violáceos. Tiró con solemnidad de una gruesa borla de pasamanería que colgaba de la puerta. Oímos en el interior un murmullo de conversaciones, con esa nota aguda en las voces y en las risas que indica la animación de una reunión mundana.

Una criada con delantal blanco nos abrió la puerta y Félix, tendiéndole su abrigo, se sintió pletórico al pronunciar, como si fuera de la casa:

—Buenas noches, Clémence.

—Buenas noches, señor Félix.

El salón era bastante grande, y no estaba demasiado iluminado. La pintura de las paredes y las cortinas eran de colores oscuros, y en la sala contigua, que podía verse a través de una puerta acristalada, se habían corrido los muebles contra las paredes a fin de dejar espacio libre para el baile. Con aire protector, Jubert me condujo hacia una anciana de cabello blanco sentada al lado de la chimenea.

—Le presento a mi amigo Maigret, de quien tuve el honor de hablarle, y que ardía en deseos de ofrecerle sus respetos.

Sin duda, había ido repitiendo la frase a lo largo del todo camino y ahora se aseguraba de que yo la saludaba de la forma más conveniente y sin mostrarme demasiado incómodo; en definitiva, de que no lo dejara en mal lugar.

La anciana señora era encantadora, menuda, de rasgos delicados, expresión despierta, pero me dejó helado cuando me dijo con una sonrisa:

—¿Por qué no son ustedes ingenieros de caminos? Estoy segura de que Anselme se quedará decepcionado al saberlo.

Se llamaba Géraldine. Anselme, su marido, estaba sentado en otro sitio, permanecía tan inmóvil que parecía haber sido puesto allí, de una pieza, para exponerlo como una figura de cera. Era muy viejo. Supe más tarde que había pasado con mucho los ochenta años y que Géraldine acababa de cumplirlos.

Alguien tocaba el piano; era un muchacho grueso embutido en un chaqué, a quien una joven vestida de azul pálido pasaba las hojas de la partitura. Solo los veía de espaldas. Cuando me presentaron a la joven, no me atreví a mirarla de frente de tan abrumado como estaba por encontrarme allí sin saber qué decir ni dónde meterme.

El baile aún no había empezado. Sobre un velador, había una fuente con pastelitos y poco después, como Jubert me había abandonado a mi suerte, me acerqué hasta allí, aún hoy no sé por qué, pues nunca he sido goloso, ya que no me gustan los pasteles, y además no tenía hambre, pero seguramente fue debido a que no sabía qué hacer.

De forma marginal, cogí un pastel. Después otro. Alguien dijo:

—¡Chis...!

Otra joven, esta vestida de rosa, que bizqueaba ligeramente, se puso a cantar de pie al lado del piano, en el cual se apoyaba con una mano, mientras con la otra manejaba un abanico.

Yo no paraba de comer. No me daba ni cuenta. Tampoco me daba cuenta de que la anciana me observaba con estupor y que más tarde, otros, sorprendidos por lo que yo hacía, no apartaban la mirada de mí.

Uno de los jóvenes dijo algo en voz baja a su vecino y volvió a oírse:

—¡Chis...!

Se podían contar a las jóvenes por la cantidad de manchas claras entre los chaqués negros. Había cuatro. Jubert intentaba llamar mi atención sin lograrlo, molesto por verme coger los pastelitos uno a uno y comérmelos concienzudamente. Más tarde me confesó que había sentido pena por mí y que estaba convencido de que yo no había cenado.

Otros también debieron de pensar lo mismo. La joven de rosa había dejado de cantar. Saludó a los presentes y todos aplaudieron; entonces fue cuando me di cuenta de que era a mí a quien miraban y que yo estaba allí de pie al lado del velador, con la boca llena y un pastelito en la mano.

Estuve a punto de marcharme sin excusarme, batiéndome en retirada, huyendo tal cual de aquella casa, donde se bullía un mundo que me resultaba completamente extraño.

En ese momento, en la penumbra, distinguí un rostro, el de la joven vestida de azul pálido, y en ese rostro vi una expresión dulce, tranquilizadora, casi familiar. Parecía que comprendía mi comportamiento y que me daba ánimos.

La criada entró con refrescos, pero después de haber comido tanto no me atreví a beber nada aun cuando me lo ofrecían.

—Louise, deberías pasar la bandeja de los pastelitos entre los invitados.

Así supe que la joven del vestido azul pálido se llamaba Louise y que era la sobrina de los señores Léonard.

Sirvió a todo el mundo antes de acercarse a mí y, señalándome no sé qué pastelitos sobre los que había un trocito de fruta confitada, me dijo con una mirada de complicidad:

—Han dejado los mejores. Pruebe esos.

Y no se me ocurrió otra cosa que contestar:

—¿Usted cree?

Aquellas fueron las primeras palabras que intercambiamos la señora Maigret y yo.

Dentro de un rato, cuando ella lea lo que estoy escribiendo, estoy seguro de que murmurará encogiéndose de hombros:

—¿Por qué contar todo eso?

En realidad está encantada con la imagen que Simenon ha dibujado de ella, la imagen de una buena ama de casa, siempre ocupada cocinando, siempre sacándole brillo a algo y siempre mimando al niño grande de su marido. Supongo que, debido a esa imagen, ella fue la primera en profesarle una verdadera amistad, hasta el punto de considerarlo como de la familia y de defenderlo cuando yo ni siquiera me planteo atacarlo.

Sin embargo, como todos los retratos, este también dista mucho de ser exacto. Cuando la conocí aquella famosa tarde, era una joven algo regordeta, de rostro lozano y con brillo en la mirada que no tenían sus amigas.

¿Qué habría pasado si yo no hubiera comido aquellos pastelitos? Es muy probable que ella no se hubiese fijado en mí entre la docena de jóvenes que estábamos allí; todos, excepto mi amigo Jubert y yo, ingenieros de caminos.

Esas tres palabras «ingenieros de caminos» han conservado para nosotros un sentido casi cómico, y basta con que uno de nosotros las pronuncie para hacernos sonreír, y, si las oímos en alguna parte, aun ahora no podemos dejar de mirarnos con aire de complicidad.

Para hacer las cosas bien, debería hablar ahora de toda la genealogía de los Schoëller, de los Kurt y de los Léonard, que durante mucho tiempo me resultó muy confusa; ellos representan la familia «de la parte de mi mujer», como se decía en aquella época.

Si van ustedes a Alsacia, de Estrasburgo a Mulhouse seguramente oirán hablar de ellos. Creo que fue un Kurt, de Scharrachbergheim, el primero en establecer, en la época de Napoleón, la tradición casi dinástica de los ingenieros de caminos. Parece ser que fue famoso en su tiempo y que se alió con los Schoëller, que ejercían la misma profesión.

Los Léonard, a su vez, entraron en la familia, y después, de padres a hijos, de hermanos a cuñados o a primos, todo el mundo, o casi todos, formaban parte del mismo cuerpo, hasta el punto de considerar una desgracia el hecho de que un Kurt se convirtiera en uno de los hombres de negocios más importantes de Colmar.

Aquella tarde, yo no hacía más que adivinar estas cosas, gracias a unas indicaciones que me había dado Jubert.

Y cuando salimos bajo una intensa lluvia, tras decidir esta vez no coger un coche que, por otra parte, habría sido difícil encontrar en el barrio, casi lamentaba haber escogido la carrera equivocada.

—¿Qué te ha parecido?

—¿Quién?

—¡Louise! No pretendo reprocharte nada, pero la situación resultaba algo incómoda. ¿Has visto con qué tacto y discreción te ha tranquilizado? Es una chica asombrosa. Alice Perret es más bonita, pero...

Yo no sabía quién era Alice Perret. En toda la noche solo había conocido a la joven vestida de azul pálido que, entre baile y baile, se acercaba a charlar conmigo.

—Alice es la que ha cantado. Creo que no tardará en comprometerse con el muchacho que la acompañaba, Louis, cuyos padres son muy ricos.

Nos retiramos muy tarde aquella noche. Con cada chaparrón nos metíamos en algún bar que encontrásemos abierto, para tomar un café y resguardarnos de la lluvia. Félix se negaba a dejar que me fuese, sin parar de hablarme de Louise y tratando de que reconociese que era la joven ideal.

—Sé que no tengo muchas posibilidades. Sus padres la han enviado a casa de sus tíos, principalmente porque quieren encontrarle un marido ingeniero de caminos. En Colmar o en Mulhouse ya no queda ninguno soltero o todos pertenecen a la familia. Hace dos meses que llegó aquí y pasará todo el invierno en París.

—¿Lo sabe ella?

—¿El qué?

—Que están buscándole un marido ingeniero de caminos.

—Claro. Pero le da igual. Es una joven con mucha personalidad, mucho más de lo que puedes imaginarte. No has tenido tiempo de apreciarlo. Trata de hablar más con ella el próximo viernes. Si supieras bailar, sería todo más fácil. ¿Por qué no tomas dos o tres lecciones de aquí al viernes?

No tomé las clases de baile, afortunadamente. Pues Louise, al contrario de lo que pensaba el bueno de Jubert, detestaba dar vueltas en brazos de un caballero.

Dos semanas después ocurrió un pequeño incidente, al que concedí entonces la mayor importancia, y que la tuvo, quizá, pero en un sentido distinto al que yo esperaba.

Los jóvenes ingenieros que frecuentaban la casa de los Léonard formaban un grupo aparte, afectando utilizar entre ellos términos que solo tenían sentido para los de su profesión.

¿Los detestaba yo? Es probable. Y tampoco me gustaba su obstinación en llamarme el «comisario de policía». Aquello se convirtió en un juego que acabó cansándome.

—¡Eh, comisario...! —me gritaban de un extremo al otro del salón.

Aquella vez, mientras Jubert y Louise charlaban en un rincón cerca de una planta verde que aún recuerdo con todo detalle, se acercó a ellos un joven bajito y con gafas y les dijo algo en voz baja, dirigiendo una mirada divertida en mi dirección.

Instantes más tarde pregunté a mi amigo:

—¿Qué os ha dicho?

Y Jubert me contestó, algo molesto, evitando una respuesta concreta:

—Nada...

—¿Algo desagradable?

—Te lo contaré cuando estemos fuera.

El muchacho de gafas hizo lo mismo con más gente, y todo el mundo parecía divertirse mucho a mi costa.

Todo el mundo, excepto Louise, que aquella tarde rechazó varios bailes y se acercó a charlar conmigo.

Una vez en la calle, le pregunté a Jubert:

—¿Qué te ha dicho?

—Contéstame antes con franqueza. ¿Qué hacías antes de ser secretario del comisario?

—Pues... Estaba en la policía...

—¿Ibas de uniforme?

¡Eso era! El tipo de las gafas había debido de reconocerme tras haberme visto vestido de agente.

Imagínense a un agente de policía entre aquellos tipos ingenieros de caminos.

—¿Qué ha dicho ella? —pregunté con un nudo en la garganta.

—Ha sido muy amable. Siempre lo es. Te niegas a creerme, pero verás...

¡Pobre Jubert!

—Le ha contestado que seguramente el uniforme te sentaría mucho mejor que a él.

A pesar de aquello, el viernes siguiente no fui al bulevar Beaumarchais. Evité encontrarme con Jubert. Fue él quien vino a buscarme a los quince días.

—A propósito, el viernes pasado notaron tu ausencia.

—¿Quién?

—La señora Léonard. Me preguntó si estabas enfermo.

—He estado muy ocupado.

Estaba seguro de que si la señora Léonard había hablado de mí era porque su sobrina...

¡Bueno! No creo necesario entrar en detalles. De hecho, ya me estoy planteando tirar a la papelera lo que acabo de escribir.

Durante tres meses Jubert cumplió con su papel sin sospechar nada y sin que, por otra parte, nosotros tratásemos de engañarlo. Era él quien iba a buscarme a mi hotel y me hacía el nudo de la corbata, con el pretexto de que yo no sabía vestirme. Era también él quien me decía, cuando me veía solo en un rincón:

—Deberías mostrarte más atento con Louise. Estás siendo maleducado con ella.

Era él quien insistía cuando salíamos:

—Estás equivocado si crees que no le interesas. Por el contrario, te aprecia mucho. Siempre me hace preguntas sobre ti.

Hacia Navidad, la amiga que bizqueaba y el pianista se comprometieron y dejamos de verlos por el bulevar Beaumarchais.

No sé si la actitud de Louise empezó a descorazonar a los demás, o si éramos menos discretos de lo que creíamos. Lo cierto es que cada viernes la concurrencia era menos numerosa en casa de Anselme y de Géraldine.

La esperada explicación con Jubert tuvo lugar en febrero, en mi habitación. Aquel viernes me di cuenta enseguida de que no vestía de chaqué. Tenía ese aire cansado y resignado que caracteriza a ciertos grandes actores de la Comédie-Française.

—*A pesar de todo* he venido a hacerte el nudo de la corbata —me dijo con una mueca.

—¿No estabas libre esta noche?

—Al revés, soy completamente libre, libre como el aire, como nunca lo he estado.

Y de pie ante mí, con mi corbata en la mano, su mirada buscaba la mía.

—Louise me lo ha contado todo.

Me quedé estupefacto, porque ella no me había dicho nada aún, aunque yo tampoco a ella.

—¿A qué te refieres?

—De ti y de ella.

—Pero...

—Le he planteado la cuestión. Fui a verla ayer expresamente.

—¿Qué cuestión?

—Le pregunté si quería casarse conmigo.

—¿Te dijo que no?

—Me dijo que no, que me quería mucho, que seguiría siendo su mejor amigo, pero que...

—¿Te habló de mí?

—No concretamente.

—¿Entonces?

—¡Lo he entendido todo! Debí darme cuenta aquella primera tarde, cuando te comías los pastelillos y ella te miraba con indulgencia. Cuando una mujer mira con indulgencia a un hombre que se comporta como tú hiciste...

¡Pobre Jubert! Lo perdimos de vista inmediatamente, al igual que perdimos de vista a todos aquellos señores ingenieros de caminos, excepto al tío Léonard.

Durante años no supimos qué había sido de él. Yo ya tenía cerca de cincuenta años, cuando un día, estando en Marsella, en la Canebière, entré en una farmacia para comprar aspirinas. No había leído el nombre que estaba sobre la puerta. Oí una exclamación:

—¡Maigret!

—¡Jubert!

—¿Qué ha sido de ti? No sé por qué te lo pregunto, puesto que, desde hace mucho tiempo, sé de ti por los periódicos. ¿Cómo está Louise?

Después me habló de su hijo mayor que, por una ironía del destino, estaba preparando el examen de ingreso para ingeniero de caminos.

Sin Jubert, las veladas del bulevar Beaumarchais se hicieron cada vez más espaciadas y, con frecuencia, no había quien tocara el piano. En esas ocasiones era Louise quien lo tocaba y yo el que pasaba las páginas, mientras una o dos parejas bailaban en el comedor que se había vuelto demasiado grande.

No creo haberle preguntado a Louise si quería casarse conmigo. La mayor parte del tiempo hablábamos de mi carrera, de la policía, del oficio de inspector.

Le dije cuánto ganaría cuando por fin me destinasen al

Quai des Orfèvres, añadiendo que ese traslado tardaría aún dos o tres años y que hasta entonces mis ingresos serían insuficientes para mantener dignamente un hogar.

También le conté las dos o tres entrevistas que había tenido con Xavier Guichard, que ya era el gran jefe, y que este no había olvidado su amistad con mi padre y me había tomado, en cierto modo, bajo su protección.

—No sé si le gusta París. Porque, como comprenderá, me veré obligado a pasar toda mi vida en esa ciudad.

—Se puede llevar una existencia tan tranquila como en provincias, ¿no cree?

Finalmente, un viernes no encontré a ninguno de los invitados habituales en el bulevar Beaumarchais; solo estaba Géraldine, quien, vestida de seda negra, me abrió ella misma la puerta y me dijo con cierta solemnidad:

—¡Pase!

Louise no se hallaba en el salón. No había bandejas de pastelitos ni refrescos. Había llegado la primavera y la chimenea ya no estaba encendida. Me parecía que no tenía nada a lo que aferrarme. Me quedé allí con el sombrero en la mano, sintiéndome incómodo vestido de chaqué y con mis zapatos lustrados.

—Dígame, joven, ¿cuáles son sus intenciones?

Aquel fue probablemente uno de los momentos más penosos de mi vida. La voz de Géraldine me pareció seca, acusadora. No me atrevía a levantar la vista y tan solo veía el borde de un traje de seda negra sobre la alfombra floreada y el extremo de un zapato puntiagudo que sobresalía. Debía de tener las orejas completamente rojas.

—Le juro... —empecé a balbucir.

—No le pido que jure nada. Le pregunto si tiene usted intención de casarse con ella.

La miré, por fin, y creo no haber visto jamás un rostro de anciana que expresara tanta malicia afectuosa.

—¡Por supuesto!

Parece ser —según me contaron después— que me levanté como un muñeco de resorte y que repetí con voz más fuerte:

—¡Por supuesto! —Y que casi grité por tercera vez—: ¡Por supuesto, cómo no!

La anciana ni siquiera levantó la voz para decir:

—¡Louise!

Y esta, que estaba detrás de una puerta entreabierta, entró con paso torpe, con el rostro tan colorado como el mío.

—¿Qué te había dicho? —señaló la tía.

—¿Por qué? —intervine—. ¿Acaso Louise no lo creía así?

—No estaba segura. Ha sido la tía...

Pasemos de largo, porque estoy seguro de que la censura conyugal suprimiría la escena.

Debo decir que el viejo Léonard, por su parte, mostró menos entusiasmo y nunca me perdonó no ser ingeniero de caminos. Ya muy anciano, casi centenario, clavado a su sillón debido a sus enfermedades, negaba con la cabeza al mirarme, como si hubiese algo que no funcionara bien en la marcha del mundo.

—Deberá usted pedir unos días de permiso para ir a Colmar. ¿Qué le parece las vacaciones de Pascua?

La anciana Géraldine escribió varias cartas a los padres de Louise —para amortiguar el golpe, como decía ella— con el fin de comunicarles la noticia.

En Pascua solo me concedieron cuarenta y ocho horas de permiso. Pasé la mayor parte de ellas en el tren, que no era entonces tan rápido como los de hoy.

Me recibieron correctamente, sin muestras de exaltación alguna.

—La mejor manera de saber si las intenciones de ambos son serias es permanecer alejados el uno del otro durante algún tiempo. Louise se quedará aquí este verano. En otoño podrá usted volver a verla.

—¿Puedo escribirle?

—Con moderación. Por ejemplo, una vez por semana.

Hoy día, esta actitud resulta cuanto menos extraña. En aquella época, no lo era en absoluto.

Decidí, sin que ello deba interpretarse como gesto de maldad, que Jubert sería mi testigo. Cuando fui a la farmacia del bulevar Saint-Michel para hablar con él ya no trabajaba allí y nadie sabía qué había sido de él.

Pasé una parte del verano buscando piso y encontré el del bulevar Richard-Lenoir.

—Mientras no encontremos algo mejor, ¿te parece? Cuando me nombren inspector...

5

Donde se trata, de forma algo caótica, de botas
de clavos, de malhechores, prostitutas,
aceras y estaciones de tren

Hace algunos años a algunos compañeros se les ocurrió fundar una especie de club o, más bien, una cena mensual, que debía llamarse la «Cena de las Botas de clavos». Se reunieron para tomar el aperitivo en la cervecería Dauphine. Se discutió para saber quiénes podían ser admitidos y quiénes no. Y se habló seriamente de si los del otro departamento, me refiero al de la calle Saussaies, podrían considerarse de los nuestros o no.

Después, como era de esperar, todo aquello quedó en nada. En esa época todavía éramos, por lo menos, cuatro los comisarios de la policía judicial que nos sentíamos bastante orgullosos del nombre de «botas de clavos» que se nos dio en otro tiempo en los cuplés y que ciertos jóvenes inspectores, apenas salidos de la escuela, empleaban para designar a los más antiguos que habían empezado desde abajo.

En otros tiempos, en efecto, eran necesarios muchos años para conseguir esos galones y no bastaban los exámenes. Un inspector, antes de ser ascendido, debía haber gastado las suelas de sus zapatos en casi todos los servicios.

No es fácil dar a las nuevas generaciones una idea más o menos exacta de lo que aquello significaba.

«Botas de clavos» y «grandes bigotes» eran expresiones que se decían con toda la naturalidad del mundo cuando se hablaba de la policía.

Yo también llevé durante muchos años botas de clavos. No por gusto. Tampoco, como parecen haber querido insinuar los caricaturistas, porque considerásemos ese tipo de calzado como el *summum* de la elegancia y de la comodidad, sino por razones más prosaicas.

Los llevábamos por dos razones. La primera, porque nuestra paga nos permitía apenas, como suele decirse, llegar a fin de mes. Con frecuencia oigo hablar de la vida alegre, sin preocupaciones, de los primeros años del siglo. Los jóvenes citan con envidia los precios de esa época, un puro habano a diez céntimos, una comida con vino y café a veinte céntimos.

Lo que olvidan es que, al principio de su carrera, un funcionario ganaba menos de cien francos.

Cuando estaba destinado a la vía pública, mi trabajo diario, que con frecuencia era una jornada de trece o catorce horas, consistía en recorrer a pie kilómetros y kilómetros de aceras durante todas las estaciones del año.

Así, el problema de la reparación del calzado fue uno de nuestros primeros problemas conyugales. Cuando a fin de mes entregaba mi sobre con mi sueldo a mi mujer, ella hacía con su contenido algunos pequeños montones.

—Para el carnicero... Para el alquiler... Para el gas...

Y no quedaba casi nada para formar el último montón de monedas.

—Para tus zapatos.

Yo soñaba siempre con comprar unos nuevos, pero seguía siendo un sueño. Con frecuencia estaba semanas enteras sin confesarle a mi mujer que mis zapatos se habían vuelto porosos entre los clavos y se bebían ávidamente el agua de los charcos.

Si hablo así no es debido al rencor, sino, por el contrario, lo hago con alegría y porque creo que es necesario para dar una idea de la vida de un funcionario de la policía.

En aquella época no había taxis, pero, aunque las calles hubieran estado abarrotadas de ellos, habrían sido tan inaccesibles para nosotros como los coches de punto, que solo utilizábamos en circunstancias excepcionales.

Además, en la brigada de la vía pública, nuestro cometido era precisamente recorrer a pie las aceras, mezclarnos entre la muchedumbre, de la mañana a la noche y de la noche a la mañana.

¿Por qué recuerdo siempre la lluvia cuando pienso en esa época? Parece como si durante años no hubiera dejado de llover, o que en aquella época no fueran iguales las estaciones. Se debe evidentemente a que la lluvia añadía a nuestra tarea un inconveniente más. No eran solo los calcetines los que se empapaban. Ocurría lo mismo con la parte de atrás del abrigo, que se iba convirtiendo poco a poco en compresas frías, con el sombrero, que goteaba, y con las manos entumecidas, que había que resguardar en los bolsillos.

Las calles estaban menos iluminadas que ahora. Algunas, de la periferia, ni siquiera estaban pavimentadas. Por las noches, las ventanas resaltaban en medio de la oscuridad como cuadros amarillentos, pues en la mayoría de las casas se alumbraban todavía con lámparas de petróleo, y en otras, más pobres aún, con candiles.

Y había malechores.

Alrededor de los arrabales, se había convertido en una moda jugar en la oscuridad con un cuchillo, y no siempre para sacar provecho, robando la cartera o el reloj de un burgués.

Se trataba principalmente de demostrarse a sí mismo que se era un hombre, un «valiente», de impresionar a las desgraciadas rameras que hacían la calle con faldas negras plisadas y un enorme moño, y que paseaban bajo la luz de una farola de gas.

No íbamos armados. Al contrario de lo que la gente imagina, un policía de paisano no puede llevar un revólver encima, y si, en ciertos casos, lo llevamos, es contrario al reglamento y bajo nuestra absoluta responsabilidad.

Los jóvenes no podían permitírselo. Hay cierto número de calles, hacia La Villette, Ménilmontant y la Porte d'Italie, donde daba miedo adentrarse y en las que el eco de nuestros propios pasos a veces nos aceleraba el corazón.

El teléfono fue durante mucho tiempo un mito inaccesible a nuestros presupuestos. Cuando me retrasaba varias horas, era imposible llamar a mi mujer para comunicárselo, de manera que ella pasaba sola las veladas bajo la lámpara de nuestro comedor, atenta a los ruidos de la escalera y recalentando la cena cuatro o cinco veces.

En cuanto a los bigotes de los caricaturistas, también eran reales. ¿Acaso a los hombres sin bigote no se les confundían con criados?

Yo lo llevaba bastante largo, de un color caoba, un poco más oscuro que el de mi padre, terminado en puntas afiladas. Después se fue reduciendo, hasta convertirse a algo parecido a un cepillo de dientes, antes de desaparecer por completo.

Por otra parte, es cierto que la mayoría de los inspectores exhibían grandes bigotes de un negro color betún, como los que se ven en las caricaturas. Eso se debe a que, por una razón desconocida, los de la profesión fueron durante muchos años, en su mayoría, originarios del Macizo Central.

Hay en París pocas calles en las que yo no haya gastado las suelas de mis zapatos, con la mirada al acecho, mientras aprendía a conocer a todo aquel pequeño mundo de las calles, desde el mendigo, el organillero y la florista, hasta el trilero y el carterista, pasando por la prostituta y la vieja borracha que duerme la mayoría de las noches en comisaría.

He recorrido el mercado de Les Halles, de noche, la plaza Maubert, los muelles y la parte baja de los muelles.

También he estado en aquellos lugares donde se apiñaban muchedumbres, en la Foire du Trône, la Foire de Neuilly, las carreras de Longchamp y las manifestaciones patrióticas; en los desfiles militares, las visitas de soberanos extranjeros, los circos ambulantes y la Foire aux Puces.

Tras pasar algunos meses o algunos años en este oficio, uno tiene en la cabeza un extenso repertorio de siluetas y de rostros que permanecen grabados para siempre.

Quisiera dar una idea más o menos exacta —pero resulta difícil— de nuestras relaciones con esa clase de sospechosos, incluidos aquellos que arrestamos a menudo.

Resulta inútil decir que el lado pintoresco pronto desaparece. En las calles de París, nuestra mirada se convierte, por necesidad, en una mirada profesional que se detiene en ciertos detalles familiares, observa ciertas particularidades y saca conclusiones.

Lo que más me llama la atención al tratar este punto es el nexo que se establece entre la policía y el malhechor a quien debe perseguir. Ante todo, el policía, salvo raras excepciones, no siente odio ni rencor hacia los delincuentes.

Tampoco siente piedad, en el sentido que se da habitualmente a esa palabra.

Nuestras relaciones son, por tanto, estrictamente profesionales.

Es fácil entender que, viendo tantas cosas en la calle, no nos sorprendan ciertas miserias y perversiones. De modo que no sentimos ira ante estas últimas y tampoco compasión hacia las primeras, como le ocurriría a un transeúnte común.

Existe, sin embargo —Simenon ha tratado de expresarlo sin conseguirlo—, por paradójico que pueda parecer, una especie de espíritu de familia.

No malinterpreten ustedes lo que acabo de decir. Nos situamos en lados opuestos de la barricada, naturalmente. Pero también estamos hasta cierto punto en condiciones parecidas.

Tanto la prostituta del bulevar Clichy como el inspector que la vigila llevan malos zapatos y tienen los pies cansados tras haber caminado varios kilómetros sobre el asfalto. Deben soportar la misma lluvia, la misma brisa helada. La tarde y la noche tienen para ambos el mismo color, y los dos ven, con la misma mirada, los movimientos de la muchedumbre que circula a su alrededor.

Ocurre igual en una feria donde el carterista se desliza entre esa muchedumbre. Para él, una feria o un encuentro cualquiera de cientos de personas no significa diversiones, ni caballitos, ni barracas, ni bollos de miel y especias, sino numerosas carteras en los bolsillos de unos cándidos.

Para el policía también. Y tanto el uno como el otro reconocen enseguida al provinciano confiado que será la víctima ideal.

¡Cuántas veces habré seguido durante horas a algún ratero conocido, como el Ficelle, por ejemplo, como le llamábamos nosotros! Sabía que yo iba tras sus pasos, que espiaba sus menores movimientos. Sabía que yo estaba al tanto de lo que pensaba hacer y, por mi parte, también sabía yo por qué estaba él allí.

Su oficio consistía en apropiarse de una cartera o de un reloj, a pesar de todo, y el mío, en impedirlo o pillarlo con las manos en la masa.

¡Pues bien! Había veces que el Ficelle se daba la vuelta y me sonreía. Yo le sonreía también. Incluso, a veces, hablaba conmigo, y me decía, soltando un suspiro:

—¡La cosa se presenta difícil!

Yo sabía que no tenía un céntimo y que no cenaría esa noche si no conseguía su propósito.

Él también sabía que yo cobrara cien francos al mes, que llevaba unos zapatos rotos y que mi mujer me esperaba con impaciencia.

He detenido al Ficelle por lo menos diez veces, amablemente, diciéndole:

—¡Te he pillado!

Y se quedaba casi tan aliviado como yo. Aquello significaba que cenaría en comisaría y dormiría bajo techo. Los hay que conocen tan bien la comisaría que preguntan:

—¿Quién está de servicio esta noche?

Porque unos les dejan fumar y otros no.

Durante año y medio la calle me pareció un sitio ideal, porque después me destinaron a los grandes almacenes.

En vez de la lluvia, del frío, del sol y del polvo, pasaba mis días en una atmósfera recalentada, entre el olor apestoso del cheviot, del algodón crudo, del linoleum y del hilo mercerizado.

Había entonces, a distancias determinadas, en los pasillos que separaban las distintas secciones, una especie de radiadores que enviaban de abajo arriba bocanadas secas y ardientes. Aquello estaba bien para cuando uno llegaba mojado. Te colocabas junto a uno de ellos y a continuación se elevaba una nube de vapor.

Después de algunas horas se estaba mejor cerca de las puertas que, al abrirse, dejaban entrar un poco de aire fresco.

Era importante comportarse de manera natural. Aparentar ser un cliente. Qué fácil es cuando todo una planta está atestada de corsés, ropa interior de mujer y madejas de seda, ¿verdad?

—¿Sería tan amable de acompañarme sin armar ningún escándalo?

Algunas mujeres comprendían inmediatamente y, sin decir una palabra, nos acompañaban al despacho del director. Otras se lo tomaban muy mal y contestaban con voz destemplada, o estaban a punto de tener un ataque de nervios.

Sin embargo, también teníamos que entendérnoslas con una clientela habitual. Ya fuese en el Bon Marché, en el Louvre o en el Printemps, se encontraban ciertas figuras familiares, mujeres de mediana edad en su mayoría, que metían cantidades insospechadas de mercancías en un bolsillo disimulado entre la falda y las enaguas.

Con el tiempo, un año y medio no parece mucho. En aquella época cada hora se me hacía tan larga como las que uno pasa en la clínica de un dentista.

—¿Estarás esta tarde en las galerías? —me preguntaba a veces mi mujer—. Precisamente tengo unas cosillas que comprar.

No hablábamos entre nosotros. Fingíamos no conocernos. Me encantaba aquello. Me sentía feliz viéndola ir de una sección a otra, toda orgullosa ella, guiñándome el ojo discretamente de vez en cuando.

No creo que ella se haya preguntado nunca si podría haberse casado con alguien que no fuese inspector de policía. Conocía los nombres de todos mis compañeros, hablaba familiarmente de quienes no había visto nunca, de sus manías, de sus éxitos o de sus fracasos.

Tardé años en decidirme en que conociese el famoso edificio del Quai des Orfèvres. Fue un domingo por la mañana en el que yo estaba de servicio, y ella no pareció asombrada. Iba de un lado a otro como si estuviese en su casa, y buscaba con la vista aquellos detalles de los que yo le había hablado y que ella conocía tan bien.

Su única reacción fue:

—Está más limpio de lo que creía.

—¿Por qué no iba a estar limpio?

—Los sitios donde solo hay hombres no siempre están tan limpios. Y despiden cierto olor.

No la llevé a la zona de los calabozos, donde, en cuanto a olores se refiere, habría tenido lo suyo.

—¿Quién se sienta en este sitio, aquí, a la izquierda?

—Torrence.

—¿El que está tan gordo? Debí imaginármelo. Es como un niño. Aún le divierte grabar sus iniciales en la madera de la mesa.

»¿Y ese que tanto ha caminado, el padre Lagrume?

Como ya he hablado de zapatos, voy a contarles la historia de mi colega, que tanto había conmovido a mi mujer.

Lagrume, el padre Lagrume, como le llamábamos, era el mayor de todos nosotros, aunque nunca pasó de inspector. Era un hombre alto y triste. En verano sufría de reuma, y desde los primeros fríos su bronquitis crónica le producía una tos cavernosa que se oía de un extremo al otro de los locales de la policía judicial.

Por suerte, no estaba allí a menudo. Un día tuvo la imprudencia de decir, al hablar de su tos:

—El médico me ha recomendado aire puro.

Desde entonces disfrutó de más aire del que habría querido. Tenía piernas largas, grandes pies, y era a él a quien se confiaban las búsquedas más increíbles a través de París, las que le obligan a uno a recorrer la ciudad de un lado a otro, día tras día, sin siquiera tener la esperanza de obtener un resultado positivo.

—¡Que se encargue Lagrume!

Todo el mundo, salvo aquel infeliz, sabía lo que aquello quería decir. Lagrume escribía con toda seriedad algunas indicaciones en su libreta de notas, cogía el paraguas y, tras hacer un breve saludo a los compañeros, se iba.

Me pregunto ahora si no era consciente del papel que le habíamos asignado. Era una persona de carácter resignado. Desde hacía mucho tiempo tenía a su mujer enferma, quien lo esperaba por la tarde para que arreglara su casa en un piso de los suburbios. Y, cuando se casó su hija, creo que era él quien se levantaba por la noche para atender al bebé.

—¡Lagrume, aún hueles a caca de niño!

Una anciana había sido asesinada en la calle Caulaincourt. Era un crimen sin trascendencia, del que no se había hecho eco la prensa, porque la víctima era una pequeña rentista a la que nadie conocía.

Ese tipo de casos son casi siempre los más difíciles. Confinado en los grandes almacenes —y más atareado que nunca por la proximidad de las Navidades—, no pude ocuparme de ello, pero, como todos los del Quai des Orfèvres, estaba al tanto de los detalles de la investigación.

El crimen se había cometido con un cuchillo de cocina que habían dejado en el lugar de los hechos. Ese cuchillo constituía el único indicio. Era un cuchillo de lo más común, como los que se venden en todas las ferreterías, en todos los bazares e incluso en las pequeñas tiendas de barrio, y el fabricante, a quien habían conseguido localizar, decía haber vendido decenas de miles en la región parisiense.

El cuchillo era nuevo. Era evidente que lo habían comprado para aquel crimen. Aún llevaba el precio marcado con un lápiz indeleble en el mango.

Ese detalle fue el que aportó cierta esperanza de encontrar al comerciante que lo había vendido.

—¡Lagrume! Ocúpese usted de este cuchillo.

Lo envolvió en un papel de periódico, lo guardó en el bolsillo y salió.

Inició un viaje por París que duraría nueve semanas. Todas las mañanas se presentaba a su hora en el despacho, donde regresaba por la tarde para guardar el cuchillo en un cajón. Cada mañana, veíamos cómo se metía el arma en el bolsillo, cogía su paraguas y se marchaba, despidiéndose como siempre.

Acabé sabiendo cuántas tiendas —la historia se hizo legendaria— podían haber vendido esa clase de cuchillo. Si nos centrábamos únicamente en los veinte distritos de París, sin contar los suburbios, resultaba casi inimaginable.

No existía la posibilidad de utilizar medios de transporte. Se trataba de ir calle por calle, casi puerta por puerta. Lagrume llevaba en el bolsillo un plano de París, sobre el cual, hora tras hora, tachaba cierto número de calles.

Yo creo que al final ni sus propios jefes sabían qué tarea le habían encomendado.

—¿Está disponible Lagrume?

Alguien contestaba que estaba cumpliendo una misión, y luego se olvidaban de él. Ya he dicho que faltaba poco para las fiestas navideñas. El invierno era lluvioso y frío, el pavimento estaba resbaladizo, pero Lagrume no dejaba por eso de ir de un lado para otro, con su bronquitis y su tos cavernosa, de la mañana a la noche, sin cansarse, sin siquiera preguntarse si aquello tenía sentido.

La novena semana, un tiempo después del nuevo año, cuando las heladas eran aún más intensas, apareció a eso de las tres de la tarde tan tranquilo, tan lúgubre como siempre, sin el menor destello de alegría o de alivio en los ojos.

—¿Está el jefe?

—¿Lo has encontrado?

—Lo he encontrado.

No fue en una ferretería, ni en un bazar, ni en una tienda de artículos para el hogar. Las había recorrido todas en vano.

El cuchillo había sido vendido por un fabricante de artículos de escritorio del bulevar Rochechouart. El comerciante había reconocido su letra y recordó a un joven que le había comprado el arma unos dos meses antes.

Pudo dar una descripción exacta, y el joven fue detenido y ejecutado al año siguiente.

En cuanto a Lagrume, murió en la calle, no por su bronquitis, sino de un ataque al corazón.

Antes de hablar de las estaciones de tren, y sobre todo de la antigua Gare du Nord, con la que tengo una vieja cuenta pendiente, debo hablar de un tema que me resulta desagradable.

Me han preguntado con frecuencia, refiriéndose a mis comienzos y a mis diferentes puestos: «¿Ha estado también en la brigada de buenas costumbres?».

Ya no se llama así hoy. Se dice, púdicamente, la Brigada Mundana.

Pues bien. También formé parte de ella, como la mayoría de mis compañeros. Muy poco tiempo. Apenas unos meses.

Y, si bien ahora me doy cuenta de que era necesario, no por eso dejo de guardar de aquella época un recuerdo a la vez confuso y desagradable.

He hablado de la familiaridad que se establece de un modo natural entre los policías y aquellos a quienes están encargados de vigilar.

Como es lógico, también se da en esta sección. En efecto, los sospechosos de cada inspector, si podemos llamarlos así, se componen de un número relativamente restringido de mujeres, a las que casi siempre se encuentra en los mismos lugares, ante la puerta del mismo hotel o bajo el mismo farol de gas, o, para las de mayor categoría, en la terraza de la misma cervecería.

Yo no era aún tan corpulento como lo soy hoy, y aparentaba menos edad de la que tenía.

Recuerden los pastelillos del bulevar Beaumarchais y comprenderán que, en cierto sentido, era más bien tímido.

La mayoría de los agentes de la sección se tuteaban con las mujeres, cuyos nombres y apodos conocían, y era común, cuando las introducían en el coche de la policía en el transcurso de una redada, jugar a ver cuál era más desvergonzado y soltar, riendo, las palabras más soeces y obscenas.

Otra costumbre que habían adquirido esas damas era la de levantarse las faldas y mostrar sus traseros con un gesto que ellas consideraban, sin duda, como la mayor injuria, y que acompañaban con palabras desafiantes.

Debí de sonrojarme al principio, porque, en aquella época, aún me ruborizaba con facilidad. La vergüenza que sentía no debió de pasar inadvertida, pues hay que admitir que aquellas mujeres conocían bastante bien a los hombres.

De repente me convertí, si no en una oveja negra, al menos en el objeto de sus burlas.

En el Quai des Orfèvres nunca me han llamado por mi nombre de pila, y estoy convencido de que muchos de mis compañeros ni siquiera sabían cuál era... Yo no lo habría elegido si me hubieran pedido mi opinión, pero tampoco me avergüenzo de él.

¿Se trató de una pequeña venganza de algún inspector que sí conocía mi nombre?

Yo me encargaba de vigilar el barrio de Sébastopol, que, sobre todo alrededor del mercado central, era frecuentado entonces por mujeres de baja estofa, especialmente por cierto número de viejas prostitutas, para las que era como un refugio.

También era allí donde las jóvenes criadas, recién desembarcadas de Bretaña o de otra región, hacían sus primeros pinitos, de modo que estaban los dos extremos. Chiquillas de dieciséis años que se disputaban a los chulos y arpías sin edad que se defendían muy bien por sí mismas.

Un día empezó la cantinela, porque aquello se convirtió muy pronto en una cantinela. Yo pasaba ante una vieja plantada a la puerta de un hotel de aspecto mugriento, cuando oí que me decía, mientras sonreía enseñando sus dientes medio podridos:

—¡Buenas tardes, Jules!

Creí que había dicho mi nombre por casualidad; pero un poco más adelante me recibieron con las mismas palabras:

—¿Qué tal, Jules?

Tras lo cual, cuando aquellas mujeres estaban en grupo, empezaban a reír y se explayaban en comentarios que cuesta transcribir.

Yo sabía lo que otros habrían hecho en mi lugar. No necesitaban más que subir a unas cuantas en un coche policial y llevarlas a la prisión de Saint-Lazare el tiempo suficiente para que reflexionasen sobre aquello.

Había servido de lección, y seguramente me habrían tratado con más respeto. No lo hice, y no fue precisamente por un estricto sentido de la justicia. Tampoco por piedad. Probablemente porque aquel era un juego al que yo no quería jugar. Preferí fingir que no las oía. Creía que pronto se cansarían. Pero esa clase de mujeres son como los niños, que nunca se cansan de gastar bromas.

El famoso Jules fue protagonista de una canción que gritaban a voz en cuello en cuanto yo aparecía. Otras me decían cuando yo comprobaba su documentación:

—¡No seas tonto, Jules! ¡Eres tan mono!

¡Pobre Louise! Su terror, durante aquel periodo, no era que yo sucumbiese a alguna tentación, sino que llevase a casa alguna enfermedad contagiosa. Cogí pulgas. Entonces, cuando yo regresaba, me obligaba a desnudarme y a bañarme, mientras ella cepillaba mi ropa en el descansillo de la escalera, o delante de la ventana abierta.

—¡Has debido de tocar a alguna hoy! ¡Cepíllate bien las uñas!

¿No decían acaso que uno puede contagiarse de sífilis con solo beber de un vaso?

Aquello no resultó agradable, pero aprendí lo que tenía que aprender. ¿Acaso no había sido yo quien había escogido ese oficio?

Por nada del mundo habría solicitado cambiar de puesto. Sin embargo, mis jefes decidieron que debía cambiar de destino, y supongo que lo hicieron no por consideración hacia mí, sino porque pensaban que yo sería más útil realizando otro tipo de servicio.

Así que me destinaron a las estaciones de trenes. Más exactamente, me enviaron a un edificio oscuro y siniestro que se llama Gare du Nord.

Al igual que en los grandes almacenes, se estaba al abrigo de la lluvia; del frío y del viento, no, porque indudablemente no hay ninguna parte del mundo con tantas corrientes de aire como el vestíbulo de una estación, y, concretamente, como el vestíbulo de la Gare du Nord. Durante meses le hice la competencia en cuanto a los catarros al viejo Lagrume.

No vayan a creer que me estoy quejando y que aireo con la satisfacción de la venganza la otra cara de la moneda.

Yo era completamente feliz. Lo era cuando controlaba las calles, y no lo era menos cuando vigilaba a las llamadas cleptómanas en los grandes almacenes.

Tenía la impresión de que iba avanzando poco a poco en el aprendizaje de una profesión, cuya complejidad me parecía cada día mayor.

Al ver la Gare de l'Est, por ejemplo, siempre me entristezco, porque evoca en mí las movilizaciones durante la guerra. La estación de Lyon, por el contrario, lo mismo que la de Montparnasse, me hacen recordar las vacaciones.

La Gare du Nord, la más fría y la de mayor movimiento de pasajeros, trae a mi recuerdo la ruda y amarga lucha por el pan cotidiano. ¿Es tal vez porque de ella salen los trenes que se dirigen hacia la región de las minas y de las fábricas?

Por la mañana y en los primeros trenes de la noche, que proceden de Bélgica y de Alemania, suelen viajar estafadores, traficantes, de rostros crueles como la luz del día que se filtra a través de las ventanillas.

No siempre se trata de pequeños estafadores. Hay también profesionales del tráfico internacional, con agentes y muchos colaboradores, gente que trabaja con grandes medios a su alcance y que está dispuesta a defenderse cueste lo que cueste.

Apenas la muchedumbre de esos trenes se ha retirado, les toca el turno a los de cercanías, que no vienen de pueblecillos alegres, como los del oeste o del sur, sino de aglomeraciones sombrías y dañinas.

En sentido inverso, todos cuantos huyen por diversas razones se dirigen a Bélgica —la frontera más cercana—, donde tratan de escapar.

Centenares de personas esperan entre las paredes grises que huelen a humo y a sudor, se agitan, van de un lado a otro, de las ventanillas a las salas de espera, interrogan con la mirada los anuncios que indican las salidas y las llegadas de los trenes, comen, beben alguna cosa, entre los niños, los perros y las maletas, y casi siempre se trata de gente que no ha dormido lo suficiente, que está nerviosa por miedo a llegar tarde, o simplemente por el miedo al mañana que van a buscar en otra parte.

He pasado mucho tiempo observándolos, buscando entre esos rostros uno más hermético, con los ojos más fijos, el de un hombre o de una mujer que juega su última carta.

El tren está allí, y saldrá dentro de unos minutos. Solo quedan cien metros que recorrer y tender un billete que uno aprieta en la mano. Las agujas avanzan a golpecitos sobre la enorme y amarillenta esfera del reloj.

¡Doble o nada! O la libertad, o la cárcel. O algo peor.

Llevo en mi cartera una fotografía o una descripción, y a veces solo la descripción técnica de una oreja.

En ocasiones ocurre que nos descubrimos en el mismo momento, y hay cruce de miradas. Casi siempre el hombre comprende enseguida qué está pasando.

Lo que sigue depende de su carácter, del riesgo que corre, de sus nervios, y a veces de un pequeño detalle material, de una puerta que está abierta, o cerrada, de un baúl que por casualidad se interpone entre nosotros.

Algunos intentan huir y se inicia entonces una carrera enloquecida a través de grupos de gente que protestan y se apartan, de vagones detenidos, vías y agujas.

He conocido a dos —uno de ellos muy joven—, que, con tres meses de diferencia, actuaron de forma idéntica.

Ambos metieron la mano en el bolsillo, como si quisieran sacar un cigarrillo. Un instante después, en medio de la muchedumbre, con los ojos fijos en mí, se disparó un tiro en la cabeza.

Esos dos no me odiaban; yo a ellos tampoco.

Cada uno estaba ejerciendo su oficio.

Habían perdido la partida, eso es todo, y se retiraban.

Yo también la había perdido, porque mi misión era llevarlos vivos ante la justicia.

He visto partir miles de trenes. He visto asimismo llegar otros miles, siempre con la misma algarabía y el mismo desfile de gente que se apresura hacia no se sabe dónde.

Al igual que para mis compañeros, para mí, eso se ha

convertido en un hábito. Aunque no esté de servicio, o si, por algún milagro, me voy de vacaciones con mi mujer, mi mirada se desliza instintivamente sobre todos los rostros de la gente y si localizo a alguien que tiene miedo, por mucho que intente ocultarlo, acabo deteniéndome.

—¿Por qué te paras? ¿Qué te pasa?

Mientras no estamos instalados en nuestro compartimento, o, mejor dicho, mientras el tren no ha salido, mi mujer nunca está segura de que nos iremos de vacaciones.

—¿De qué te preocupas? ¡No estás de servicio!

A veces la he seguido suspirando, y muy a mi pesar, volviendo la cabeza una vez más hacia un rostro misterioso que desaparecía entre la muchedumbre.

No creo que eso se deba únicamente a un exceso de profesionalidad o por amor a la justicia.

Insisto en que se trata de una partida que se está jugando, una partida que no tiene final. Una vez que uno se ha metido en el juego, es muy difícil, si no imposible, abandonarlo.

La prueba está en que, cuando uno de los nuestros acaba jubilándose, a menudo no puede evitarlo y termina casi siempre montando una agencia de detectives.

Lo cual no es sino un mal menor, y no conozco a nadie que, después de haberse quejado durante treinta años de las miserias de la vida de un policía, no esté dispuesto a reanudar su servicio, aunque sea sin cobrar un céntimo.

De la Gare du Nord conservo un recuerdo siniestro. No sé por qué la veo siempre llena de neblina húmeda y pegajosa y con una muchedumbre que parece haber dormido mal, avanzando en tropel hacia las vías o hacia la calle Maubeuge.

Los especímenes humanos que he encontrado allí han sido de los más desesperados, y algunas de las detenciones que llevé a cabo hicieron que sintiera remordimientos más que satisfacción profesional.

Sin embargo, si tuviera que elegir, preferiría ir mañana a reanudar mi guardia a la entrada de los andenes que irme a una estación más lujosa para tomar el tren hacia algún rincón soleado de la Costa Azul.

6

Donde se trata de escaleras, escaleras ¡y más escaleras!

De vez en cuando, casi siempre con motivo de convulsiones políticas, estallan desórdenes en las calles que no obedecen solamente a la manifestación de un descontento popular. Podría decirse que en cierto momento se produce una brecha, que se abren esclusas invisibles y, de repente, se ve surgir en los barrios aristocráticos gente cuya existencia se ignora, que parece salir de una especie de corte de los milagros, y a la que se mira pasar desde las ventanas como si se tratase de rufianes de la Edad Media.

Lo que más me sorprendió cuando se produjo ese estallido de violencia, a raíz de los disturbios del 6 de febrero, fue el asombro que mostraba al día siguiente la mayor parte de la prensa.

Esta invasión, durante algunas horas, del centro de París, no por manifestantes, sino por individuos extenuados que producían tanto terror como una manada de lobos, alarmó de pronto a gente que, por su profesión, tiene casi tanto conocimiento como nosotros de los bajos fondos de la capital.

París pasó realmente miedo esa vez. Después, al día siguiente, una vez restablecido el orden, París olvidó que aquel populacho no había sido aniquilado, sino que simplemente había regresado a sus madrigueras.

¿No estaba la policía para impedir que salieran de ellas?

¿Acaso se sabe que existe una brigada que se ocupa exclusivamente de los doscientos o trescientos mil norteafricanos, portugueses y gitanos que viven en la zona del distrito XX —sería mejor decir que acampan— y que apenas conocen nuestra lengua, o que la desconocen del todo, y que obedecen a sus propias leyes y costumbres, que no son las nuestras?

En el Quai des Orfèvres tenemos planos en los que están marcados con lápices de colores una especie de islotes, los judíos de la calle Rosiers, los italianos del barrio del ayuntamiento, los rusos de Ternes y de Denfert-Rochereau...

Muchos hacen lo posible para adaptarse, y no son ellos los que causan problemas, pero los hay que, en grupo o de forma aislada, se mantienen voluntariamente al margen, y, entre la muchedumbre que no los distingue, llevan una existencia misteriosa.

Casi siempre han sido personas en apariencia biempensantes, con sus pequeños engaños y sus pequeñas suciedades cuidadosamente disimuladas, las que me han preguntado, con un ligero temblor en los labios, que conozco bien: «¿No siente asco a veces?».

No se refieren a esto o a aquello en particular, sino al conjunto de individuos a los que nos enfrentamos. Lo que les gustaría es que les revelásemos secretos vergonzosos, vicios desconocidos, toda una miseria ante la que pu-

dieran fingir indignación, pero de la que disfrutan secreta-
mente.

Esa clase de personas emplean complacidas la expresión
de «bajos fondos».

—¡Lo que deben de ver ustedes en los bajos fondos!

Prefiero no contestarles. Los miro de cierta manera, sin
ninguna expresión en el rostro, y deben de comprender lo
que eso significa, porque, en general, se muestran molestos
y no insisten.

He aprendido mucho trabajando en las calles. He aprendido también estando en las ferias y en los almacenes y allí
donde se congregan las multitudes.

He hablado de mis experiencias en la Gare du Nord.

Pero, indudablemente, ha sido en los hoteluchos que al-
quilan habitaciones por horas donde he podido observar mejor a los hombres, a esos que dan tanto miedo a la gente de los
barrios elegantes, cuando alguna vez se abren las esclusas.

Aquí no eran necesarias las botas de clavos, porque no se
trata tanto de recorrer kilómetros de acera, sino de desplazar-
se, si puedo decirlo así, en altura.

Cada día recogía las fichas de decenas o centenas de hoteles, de apartamentos en su mayoría, donde era raro encontrar un ascensor y donde había que subir seis o siete pisos
por unas escaleras estrechas y sofocantes, en las que un olor
acre a humanidad pobre se pegaba a la garganta.

Los grandes hoteles de puertas giratorias, flanqueadas
por criados de librea, tienen también sus dramas y sus secretos, en los que la policía husmea regularmente.

Pero, sobre todo, es en los miles de hoteles de nombre
desconocido, en los que apenas se fija uno desde fuera, don-

de se amontona una población flotante difícil de encontrar en otra parte, y que rara vez tienen la documentación en regla.

Nosotros íbamos por parejas, y, a veces, en los barrios más peligrosos, íbamos más de dos. Se elegía la hora en que la mayoría de la gente estaba durmiendo, poco después de medianoche.

Entonces empezaba una especie de pesadilla, con ciertos detalles, siempre los mismos, con el portero, o el propietario o la propietaria, acostado detrás de la ventanilla, y que se despertaba de mala gana, tratando de ponerse a cubierto de antemano.

—Sabe muy bien que aquí nunca hemos tenido problemas.

Antes, los nombres se inscribían simplemente en un registro, pero, más adelante, era obligatorio presentar el carnet de identidad, por lo que había que rellenar unas fichas.

Uno de nosotros se quedaba abajo. El otro subía. Algunas veces, a pesar de nuestras precauciones, descubrían nuestra presencia, y desde la planta baja oíamos cómo se despertaba todo el hotel, igual que una colmena, idas y venidas apresuradas en las habitaciones y pasos furtivos por las escaleras.

Alguna vez encontrábamos una habitación vacía, con la cama caliente aún y el tragaluz del techo abierto.

Normalmente, conseguíamos llegar al primer piso sin alertar a los huéspedes, entonces llamábamos a una puerta, a través de la cual solían contestarnos con gruñidos y preguntas en un idioma casi siempre extranjero.

—¡Policía!

Todos entendían esa palabra. Gente en camisón, desnudos completamente, hombres, mujeres y niños se agitaban bajo una luz escasa, en medio de un intenso y desagradable olor, registrando baúles inverosímiles, buscando un pasaporte escondido bajo la ropa.

Resulta difícil describir la ansiedad de esas miradas, esos gestos de somnámbulos y esa clase de humildad que solo se encuentra entre los desarraigados. ¿Podríamos llamarla una humildad orgullosa?

No nos odiaban. Éramos los amos. Teníamos —o creían que teníamos— el más terrible de todos los poderes: el de enviarlos al otro lado de la frontera.

Para muchos, el hecho de estar allí había supuesto años de astucia o de paciencia. Habían alcanzado la tierra prometida. Poseían papeles, verdaderos o falsos.

Y mientras nos los tendían, siempre con el miedo de que nos los guardáramos en el bolsillo, trataban instintivamente de amansarnos con una sonrisa, o daban con unas palabras en francés que balbucir:

—*Missié li commisaire...*

Las mujeres rara vez mostraban pudor, y a veces su mirada traslucía una duda, y hacían una ligera seña hacia la cama deshecha. ¿Nos sentíamos tentados? ¿Acaso no nos atraía esa proposición?

Sin embargo, todos eran altivos, con un orgullo distinto que no acierto a describir. ¿Tal vez el orgullo de las fieras?

De hecho, se parecían un poco a fieras enjauladas, fieras que nos miraban pasar sin saber si íbamos a golpearlas o a acariciarlas.

A veces se veía a uno mostrando sus documentos; presa del pánico, hablaba con locuacidad en su idioma, gesticulando, llamando a los demás en su auxilio, esforzándose por hacernos creer que era un hombre honrado, que las apariencias engañan, que...

Algunos lloraban, y otros permanecían callados en su rincón, huraños, como dispuestos a saltar; pero, en realidad, estaban resignados.

Comprobación de identidad. Así se llama la operación en lenguaje administrativo. A aquellos que tienen los papeles en regla se les permite quedarse en sus habitaciones, donde se les oye encerrarse con un suspiro de alivio. Los otros...

—¡Bajen!

Cuando no entienden, es necesario añadir algún gesto a modo de indicación. Y se visten, mientras hablan solos. No saben qué deben o qué pueden llevar consigo. A veces, cuando les damos la espalda, corren a buscar su tesoro en algún escondrijo y se lo guardan en los bolsillos o bajo la camisa.

Todos ellos forman un pequeño grupo en la planta baja, donde no se habla, y cada cual solo piensa en sí mismo y en cómo va a defenderse ante la justicia.

En el barrio de Saint-Antoine existen hoteles donde que he encontrado, en una habitación, a siete u ocho polacos, en su mayoría durmiendo en el suelo.

Solo uno estaba inscrito en el registro. ¿Lo sabía el propietario del hotel? ¿Le pagaban por los otros inquilinos? Es muy probable; pero resultaba inútil intentar demostrarlo.

Los otros no tenían sus documentos en regla. ¿Qué hacían cuando se veían obligados a dejar el refugio de la habitación al amanecer?

Sin permiso de trabajo, les era imposible ganarse la vida con regularidad. Sin embargo, no estaban muertos de hambre; por tanto, comían.

Y había —los hay siempre— decenas de miles como ellos.

Si se les encuentra dinero en los bolsillos, o escondido encima de algún armario, o, como es más frecuente, en los zapatos, hay que averiguar cómo lo han conseguido, y entonces se inicia un interrogatorio agotador.

Aunque entiendan el francés, fingen no entenderlo, y te miran a los ojos con una expresión de buena fe, insistiendo incansablemente en su inocencia.

Es inútil interrogar a los demás sobre el asunto. No se traicionarán unos a otros. Todos contarán la misma historia.

Sin embargo, alrededor del 75 por ciento de los crímenes en la región de París son cometidos por extranjeros.

Escaleras, escaleras y más escaleras. No solo de noche, sino también de día; y por todas partes mujeres, profesionales y de las otras, algunas jóvenes y bonitas, provenientes de lo más apartado de sus regiones, Dios sabe por qué.

Conocí a una polaca que compartía con cinco hombres su habitación de un hotel de la calle Saint-Antonie. Era ella quien les indicaba dónde podían llevar a cabo un buen golpe. Luego recompensaba a su manera a aquellos que habían tenido éxito, mientras los otros rabiaban en la habitación y se lanzaban después ferozmente contra el agotado ganador.

Entre ellos, había dos brutos enormes, con una fuerza descomunal, pero ella no les tenía miedo: los dominaba con una simple sonrisa o con un fruncimiento de cejas. Tras un interrogatorio, en mi despacho, la vi abofetear tranquilamente a uno de esos gigantes, después de haber dicho una frase en su lengua.

—¡Ustedes deben de ver gente de todo tipo!

Se ven, en efecto, hombres y mujeres; todo tipo de hombres y mujeres, en todas las situaciones imaginables, de todas las escalas sociales. Los vemos, los fichamos y tratamos de comprenderlos.

Y no me refiero a comprender no sé qué misterio humano. Tal vez sea esta idea novelesca contra la que protesto con más acaloramiento, casi con cólera. Es una de las razones de este libro, de esta especie de correcciones.

Simenon ha tratado de explicarlo, lo admito. Sin embargo, a menudo me ha molestado verme en sus libros con ciertas sonrisas, ciertas actitudes que no son propias de mí y que habrían sorprendido a mis compañeros.

La persona que mejor ha comprendido este asunto probablemente sea mi mujer. Sin embargo, cuando llego a casa, jamás se muestra curiosa respecto a mi trabajo, cualquiera que sea la investigación que lleve a cabo.

Por mi parte, nunca le hago lo que suele llamarse confidencias.

Me siento a la mesa como cualquier funcionario que regresa de su despacho. A veces, con pocas palabras, como si hablara conmigo mismo, le comento un encuentro que he tenido, o un interrogatorio, o le hablo del hombre o de la mujer a quien estoy investigando.

Si me hace una pregunta, casi siempre se trata de una cuestión técnica.

—¿En qué barrio?

O bien:

—¿Qué edad tiene?

O quizá:

—¿Cuánto tiempo hace que está en Francia?

Porque esos detalles son para ella tan reveladores como para mí.

Mi mujer nunca me pregunta sobre los aspectos sórdidos o penosos de la investigación.

Y bien sabe Dios que no se trata de indiferencia por su parte.

—¿Ha ido su mujer a visitarlo al calabozo?

—Esta mañana.

—¿Ha llevado con ella al niño?

Ella se interesa más, por razones en las que no necesito insistir, por aquellos que tienen hijos, y sería un error pensar que los delincuentes, los que viven al margen de la ley, o los criminales no los tienen.

Estuvo un tiempo en nuestra casa una niña pequeña, a cuya madre envié a presidio para el resto de sus días, pero sabíamos que el padre acudiría a buscarla en cuanto se hubiera reformado.

Sigue viniendo a vernos. Es ahora toda una señorita, y mi mujer se siente orgullosa de llevarla de compras, algunas tardes, a los grandes almacenes.

Lo que trato de explicar es que en nuestro comportamiento con aquellos a los que nos enfrentamos no cabe la sensiblería ni la dureza, ni el odio ni la piedad, en el sentido que habitualmente se da a esas palabras.

Trabajamos con hombres. Observamos su comportamiento. Comprobamos hechos y tratamos de establecer otros.

Nuestro conocimiento es, en cierto modo, técnico.

Cuando aún era joven, registré un hotel de reputación dudosa, del sótano al tejado, entrando en las habitaciones minúsculas, sorprendiendo a la gente durante su sueño, en su más cruda intimidad y examinando su documentación bajo la lupa. En ese momento, habría podido decir, sin equivocarme demasiado, qué sería de cada uno de ellos en el futuro.

En primer lugar, ciertos rostros me eran ya familiares, porque París no es tan grande para que en un determinado medio no se encuentren siempre a los mismos individuos.

También, en ciertos casos, se reproducen casi idénticamente las mismas causas, originando los mismos resultados.

El desdichado oriundo de Europa Central, que ha ahorrado durante meses, o quizá durante años, para pagarse los pasaportes falsos en una agencia clandestina de su país, y que creía haber terminado su periplo cuando cruzó la frontera sin obstáculos, caerá fatalmente en nuestras manos en un plazo de seis meses o un año, como máximo.

Más aún: podríamos seguirle con el pensamiento desde la frontera, prever en qué barrio, en qué restaurante, en qué hotel irá a parar.

Sabemos quién le procurará el indispensable permiso de trabajo, verdadero o falso; nos bastará ir a la cola que se forma cada mañana ante las grandes fábricas Javel para atraparlo.

¿Por qué enfadarnos, por qué culparlo si fatalmente acaba yendo donde tenía que ir?

Sucede lo mismo con una joven criada a la que vemos bailar por primera vez en una sala de baile. ¿Le diremos que regrese a casa de sus señores y se aleje definitivamente de su acompañante de una elegancia llamativa?

No serviría de nada. Regresaría al baile. Volveremos a verla en otras salas de baile, y después, un buen día, la encontraremos de nuevo ante la puerta de un hotelucho de barrio de Les Halles o de la Bastilla.

Cada año llegan alrededor de diez mil. Diez mil que abandonan su pueblo y desembarcan en París para trabajar en el servicio doméstico, y que necesitan tan solo unos meses o semanas para caer en la depravación.

¿Es acaso distinto cuando se trata de un muchacho de dieciocho o veinte años, que trabaja en una fábrica y que empieza a vestirse de cierta manera, a adoptar ciertas actitudes y a acodarse en el mostrador de ciertos bares?

No tardaremos en verlo con un traje nuevo, calcetines y una corbata de seda artificial.

También acabará en el Quai des Orfèvres, con la mirada solapada o avergonzada, después de una tentativa de robo a mano armada, a menos que se haya embarcado en la legión de los ladrones de coches.

Ciertos indicios no engañan, y son, en definitiva, estos indicios los que hemos aprendido a reconocer tras haber pasado por cada uno de los distintos servicios, como caminar infinidad de kilómetros patrullando la calle, subir escaleras y más escaleras, entrar en todo tipo de cuchitriles y mezclarnos con la muchedumbre.

Por eso mismo el apodo de «botas de puntas de hierro» nunca nos ha molestado, sino todo lo contrario.

A los cuarenta años, hay muy pocos en el Quai des Orfèvres que no conozcan a todos los carteristas, por ejemplo. Se sabe incluso dónde encontrarlos el día en que se celebra una ceremonia o una gala.

También se sabe que no tardará en producirse un robo de joyas, porque tal o cual ladrón especialista en el tema, a quien rara vez se ha podido atrapar en plena faena, se está quedando sin dinero. Ha dejado su hotel del bulevar Haussmann y se ha mudado a uno más modesto de la République. Desde hace quince días no ha pagado el alojamiento. La mujer con quien vive empieza a montarle escenas, y hace mucho que no se compra nuevos sombreros.

No se le puede vigilar a todas horas: no hay suficientes policías para vigilar a todos los sospechosos. Pero, aun así, se le controla. Se ha avisado a los agentes de la vía pública que presten más atención las joyerías.

Se sabe cómo actúa. Se sabe también que no actuará de otra manera.

Eso no siempre conduce al éxito. Sería demasiado bonito. A veces se le coge en pleno robo. Otras se le detiene, después de interrogar discretamente a su compañera, tras advertirle que su futuro resultará mucho menos problemático si nos da la información que necesitamos.

En los periódicos se habla mucho de los ajustes de cuentas en Montmartre o en el barrio de la calle Fontaine, porque los disparos en plena noche tienen siempre para la opinión pública algo de excitante.

Sin embargo, en el Quai des Orfèvres, ese tipo de asuntos no dan demasiado trabajo.

Conocemos las bandas rivales, sus intereses y los puntos en litigio entre ellas. También conocemos sus odios y sus rencores personales.

Por venganza, un crimen conduce a otro. ¿Han asesinado a Luciano en un bar de la calle Douai? Pues los corsos se vengarán inevitablemente en un plazo más o menos corto. Y casi siempre habrá entre ellos al menos uno que nos dé la información.

—Algo traman contra Dédé, el Pies Planos. Lo sabe y solo sale acompañado de dos matones.

El día en que Dédé muera a su vez, existen nueve probabilidades entre diez de que una llamada telefónica más o menos misteriosa nos ponga al corriente de lo ocurrido con todo detalle.

—¡Uno menos!

Y, aunque nosotros detenemos a los culpables, eso carece de importancia, porque esa clase de gente se aniquila entre sí por razones que solo ellos conocen y en nombre de cierto código que aplican con rigor.

Era a esto a lo que Simenon hacía alusión durante nuestra primera entrevista, cuando declaraba categóricamente:

—Los asesinatos cometidos por profesionales del crimen no me interesan.

Lo que no sabía aún, y aprendió después, es que hay muy pocos crímenes de los otros.

No estoy refiriéndome a crímenes pasionales, que la mayor parte de las veces no encierran misterio alguno, y que no son más que el desenlace lógico de una crisis entre dos o más individuos.

Tampoco me refiero a dos borrachos de los suburbios que se apuñalan entre sí un sábado o un domingo por la noche.

Aparte de esos accidentes, los crímenes más frecuentes son de dos clases: el asesinato de alguna anciana solitaria por uno o varios malhechores y la muerte de una prostituta en un descampado.

En cuanto al primero, es rarísimo que el culpable se nos escape. Casi siempre se trata de un joven, uno de esos de los que acabo de hablar, que ha dejado la fábrica pocos meses antes y está deseoso de jugar al «matón».

Ha localizado un estanco, una mercería o un comercio cualquiera en una calle desierta. A veces compra un revólver; otras, se contenta con un martillo o una llave inglesa.

Casi siempre conoce a la víctima, y esta, por lo menos una de cada diez veces, en algún momento, ha sido amable con él.

No pensaba matarla. Se ha tapado medio rostro con un pañuelo para que no lo reconozcan.

El pañuelo ha resbalado, o la anciana se ha puesto a gritar.

Y entonces ha disparado. Es un disparo mortal. Si ha disparado, ha vaciado todo el cargador, lo que demuestra que era presa del pánico. Si la ha golpeado, lo ha hecho diez, veinte veces, salvajemente según se deduce, porque, en realidad, estaba aterrorizado.

Tal vez les sorprenda que, cuando lo tenemos delante, abatido, pero fanfarrón aún, le digamos simplemente:

—¡Idiota!

Es raro que no paguen su crimen con su cabeza. Si tienen la suerte de que algún abogado de oficio se interese por su suerte, les caerán por lo menos veinte años.

En cuanto a los asesinos de prostitutas, es un milagro si podemos echarles el guante. Son las investigaciones más largas, desalentadoras y repugnantes que conozco.

Empiezan por un saco que recoge un marinero al extremo de su bichero, en algún lugar del Sena, y que casi siempre contiene un cuerpo mutilado. Falta la cabeza, o un brazo, o las piernas.

A menudo pasan semanas antes de que sea posible identificar a la víctima. Generalmente se trata de una mujer de cierta edad, de las que no llevan a sus clientes a una habitación, o a un hotel, sino que se contentan con un umbral de una casa o con el resguardo de una tapia.

Se ha dejado de verla en el barrio, un barrio que, en cuanto cae la noche, queda sumida en el misterio y las sombras silenciosas.

A aquellos que la conocen no les apetece demasiado contactar con nosotros. Cuando se les pregunta, contestan con evasivas.

Mal que bien, uno acaba conociendo, a fuerza de paciencia, a alguno de sus clientes habituales, gente aislada también, solitarios, hombres sin edad de los que apenas se recuerda vagamente su silueta.

¿La han matado por su dinero? Es poco probable. ¡Tenía tan poco!

¿Ha sido uno de esos viejos que de repente ha sufrido un ataque de locura, o bien alguien llegado de afuera, de otro barrio, uno de esos locos que, a intervalos regulares, notan que van a sufrir una crisis y saben exactamente qué harán y, con una lucidez increíble, toman unas precauciones de las que otros criminales son incapaces?

No se sabe siquiera cuántos son. Cada capital tiene los suyos, y, una vez dado el golpe, se sumen de nuevo, durante un tiempo más o menos largo, en el anonimato.

Tal vez son gente respetada, padres de familia, empleados modelo.

Nadie sabe cómo son exactamente y, cuando por casualidad se coge a uno, casi siempre resulta imposible encontrar pruebas satisfactorias.

Tenemos estadísticas más o menos exactas de toda clase de crímenes.

Menos de uno: el envenenamiento.

Y cualquier aproximación que tratáramos de hacer en cuanto a este asunto resultaría inevitablemente falsa, por exceso o por defecto.

Cada tres o seis meses, en París o en provincias, sobre todo en estas últimas, en una pequeña ciudad o en el campo, el azar hace que un médico examine con más atención a un muerto intrigado ante ciertas anomalías.

He dicho «azar» porque se trata, naturalmente, de uno de sus pacientes, de alguien que el médico ha visto enfermo durante mucho tiempo. Ha muerto de repente en su cama, en el seno de su familia, la cual se muestra profundamente apenada.

Los parientes no quieren oír hablar de autopsia. El médico no se decide a llevarla a cabo, salvo si sus sospechas están fundamentadas.

O bien, semanas después del entierro, la policía recibe una carta anónima que aporta ciertos detalles, increíbles a primera vista.

Insisto en ello para mostrarles todas las condiciones que deben reunirse para poder abrir una investigación de esa clase. Las formalidades administrativas son complejas.

La mayoría de las veces se trata de la mujer de un granjero, que espera desde hace años la muerte de su marido para liarse con el criado, y cuya paciencia se ha agotado.

Ella le ha echado una mano a la naturaleza, como dicen crudamente algunas.

A veces, aunque sea poco frecuente, es el hombre quien trata de quitarse de encima a su esposa enferma, que se ha convertido en una carga para la casa.

Se los descubre por azar. Pero ¿en cuántos casos no interviene el azar? Lo ignoramos. Solo podemos lanzar alguna hipótesis. Somos muchos en el Quai des Orfèvres, lo mismo que en la calle de Saussaies, los que pensamos que de todos los crímenes, y en particular de los crímenes impunes, el envenenamiento es el que se queda más veces sin castigo.

Los otros, los que interesan a los novelistas, y a los que se llaman psicólogos, suelen ser tan poco corrientes que solo requieren una participación insignificante por parte de la policía.

Sin embargo, es esa clase de crímenes la que la gente mejor conoce. Y son también los que ha relatado en gran parte Simenon, y supongo que seguirá haciéndolo.

Me refiero a los crímenes que se han cometido en ambientes en los que uno menos se lo espera, y que son el resultado de una larga y silenciosa fermentación.

Una calle cualquiera, limpia, elegante, de París o de otra parte. Gente que lleva una vida familiar, que tiene una casa confortable y una profesión honorable.

Nunca habíamos traspasado un umbral como ese. Con frecuencia, se trata de un ambiente donde difícilmente se nos habría admitido, o donde no encajaríamos, y nosotros mismos no nos encontraríamos a gusto.

Pero alguien ha fallecido de muerte violenta, y ahí estamos llamando a la puerta, y nos encontramos con rostros ceñudos, con una familia en la que todo el mundo parece ocultar algo.

Ahí no nos sirve la experiencia adquirida durante años en la calle, en las estaciones de tren o en los hoteluchos. Tampoco interviene esa especie de respeto instintivo de los débiles hacia la autoridad o la policía.

Nadie teme que lo devuelvan a la frontera. Tampoco nadie será conducido a un despacho del Quai des Orfèvres para someterlo durante horas a un interrogatorio agotador.

Los que tenemos delante son la misma gente, aparentemente biempensante, que en otras circunstancias nos habría preguntado: «¿No siente asco a veces?».

Es en sus casas donde sentimos ese asco. Pero no de forma inmediatamente, y tampoco siempre, porque la tarea es larga y arriesgada.

A veces una llamada telefónica de un ministro, de un diputado o de alguna personalidad importante trata de apartarnos de la investigación.

Hay que hacer que salte ese barniz de respetabilidad poco a poco; hay secretos de familia, más o menos repugnantes, que todo el mundo intenta ocultarnos, y que es necesario que salgan a la luz, sin temor a las protestas ni a las amenazas.

En ciertos casos cinco, o seis, o más personas implicadas en la investigación se ponen de acuerdo sobre ciertos aspectos para mentirnos, para tratar solapadamente de cargar a otros la responsabilidad de lo ocurrido.

A Simenon le gusta describirme como alguien cargante y gruñón, que no se siente cómodo consigo mismo, que mira a la gente de forma solapada, y que, durante los interrogatorios, se muestra agresivo.

Es en ese tipo de casos en los que me ha visto comportarme de ese modo, ante lo que podría llamarse «crímenes de aficionados», y que *siempre* acaban siendo crímenes donde hay intereses en juego.

No son crímenes cuyo objetivo es el dinero. Me refiero a crímenes que se hayan cometido por una necesidad inmediata de dinero, como es el caso de los chulos que asaltan a las ancianas.

Tras esas fachadas de respetabilidad, existen intereses en juego, por lo que son casos más complicados, a largo plazo, a los que se añade la necesidad de mantener esa respetabilidad. Con frecuencia, las razones se remontan a años atrás, y ocultan vidas enteras repletas de chanchullos y de actos infames.

Cuando, por fin, esas personas se ven obligadas a confesar, cuentan con todo detalle hechos inmundos. Y, casi siempre, sienten pánico, un intenso terror a las consecuencias.

—No podemos permitir que nuestra familia se vea cubierta de calumnias, ¿no cree usted? Hay que encontrar una solución.

Sucede a veces, y lo lamento profundamente, que algunos que no deberían haber salido de mi despacho sino para ir directos a la cárcel han desaparecido de pronto de la circulación, porque existen influencias contra las cuales un inspector de policía, e incluso un comisario, nada pueden hacer.

—¿No siente asco a veces?

Jamás he sentido asco cuando, como inspector en servicio de hoteluchos de habitaciones por horas, mugrientos y atestados de gente, pasaba mis días o mis noches subiendo escaleras y más escaleras, y, ante cada puerta que se abría, surgía la miseria o una tragedia humana.

La palabra «asco» tampoco encaja con lo que he experimentado ante los miles de delincuentes de todo tipo que he arrestado.

Ellos jugaban su propia partida, y la habían perdido. Casi todos, al final, se comportaban como buenos jugadores, y algunos, una vez condenados, me pedían que fuese a verlos a la cárcel, donde charlábamos como amigos.

Podría citar a varios que me suplicaron que asistiese a su ejecución y que me reservaban su última mirada.

—¡Estaré bien, ya verá!

Hacían cuanto podían, pero no siempre lo conseguían. Yo me llevaba en el bolsillo sus últimas cartas, y me encargaba de hacerlas llegar con una nota adjunta escrita por mí.

Cuando regresaba, a mi mujer le bastaba con mirarme, sin necesidad de hacerme preguntas, para saber qué había pasado.

En cuanto a los otros, sobre los que prefiero no seguir hablando, mi mujer también conocía el porqué de cierto mal humor, de cierta forma de sentarme al regresar por la noche y de llenarme el plato, y en esos casos no preguntaba nada.

¡Lo que demuestra que no estaba destinada a un ingeniero de caminos!

7

Donde se trata de una mañana triunfal,
como una trompeta del cuerpo de caballería,
y de un muchacho que ya no era delgado,
pero que aún no había engordado

Aún puedo recordar la sensación y el color del sol de aquella mañana. Era en marzo. La primavera se había adelantado. Me había acostumbrado y, siempre que podía, iba caminando desde el bulevar Richard-Lenoir hasta el Quai des Orfèvres.

Aquel día, no tenía trabajo fuera de la oficina; debía clasificar unas fichas de los hoteles de habitaciones por horas, en los despachos más sombríos del Palacio de Justicia, en la planta baja, los cuales tenían una pequeña puerta que daba al patio, y que yo había dejado entreabierta.

Permanecía tan cerca de la puerta como el trabajo me lo permitía. Recuerdo el sol, que recortaba el patio en dos partes, y un coche de la policía que allí esperaba. Sus dos caballos pateaban de vez en cuando el suelo, y, tras ellos, se veía un montón de estiércol amarillento, que humeaba en el aire aún fresco de la mañana.

No sé por qué, el patio me recordaba ciertos recreos en el colegio, en esa misma época del año, cuando el aire empieza a tener cierta fragancia, y que, después de haber corrido, la piel huele a primavera.

Estaba solo en el despacho. Sonó el teléfono.

—¿Puede decirle a Maigret que el jefe desea verlo?

Era la voz del viejo conserje de arriba, que había pasado cerca de cincuenta años en su puesto.

—Soy yo.

—Entonces suba.

Incluso la escalera principal, siempre llena de polvo, resultaba alegre con los rayos oblicuos del sol, como en las iglesias. La reunión para presentar los informes del día acababa de terminar. Dos comisarios aún seguían allí, hablando entre ellos, con sus carpetas bajo el brazo, cerca de la puerta del gran jefe, a la que yo iba a llamar.

En el despacho reconocí el olor de las pipas y de los cigarrillos de aquellos que acababan de irse. Detrás de Xavier Guichard, había una ventana abierta, y el gran jefe tenía reflejos de sol en su cabello blanco y sedoso.

No me tendió la mano. Casi nunca lo hacía en el despacho. Sin embargo, nos habíamos hecho amigos, o, más exactamente, él deseaba honrarnos a mi mujer y a mí con su amistad. Una vez me invitó a ir a verlo, solo, en su piso del bulevar Saint-Germain. No en la parte rica y esnob del bulevar. Vivía, por el contrario, justo enfrente de la plaza Maubert, en un gran inmueble nuevo que se alzaba entre las casas ruinosas y hoteles de mala muerte.

Regresé allí con mi mujer. Los dos se entendieron muy bien enseguida. Él sentía verdadero afecto por ella y por mí, y, sin embargo, sin pretenderlo, nos hacía daño con frecuencia.

Al principio, en cuanto veía a Louise, miraba con insistencia su talle, y, si no parecíamos comprenderlo, decía, carraspeando:

—No olviden que yo quiero ser el padrino.

Era un solterón empedernido. Aparte de su hermano, que era jefe de la policía municipal, no tenía familia en París.

—¡Vamos! Me están haciendo esperar mucho...

Pasaron varios años. Debió de malinterpretar las cosas. Recuerdo que, al anunciarme mi primer aumento de sueldo, añadió:

—¡Eso quizá les permita darme un ahijado!

Nunca entendió por qué enrojecíamos y por qué mi mujer bajaba la vista, mientras yo trataba de acariciarle la mano para consolarla.

Parecía muy serio aquella mañana, aunque yo lo veía a contraluz. Me hizo permanecer de pie, y me sentía molesto por la insistencia con que me escrutaba de pies a cabeza, como hace un sargento con un recluta en el ejército.

—¿Sabe, Maigret, que está usted engordando?

Tenía treinta años. Había ido engordando poco a poco, mi espalda se había ensanchado, mi torso se había hinchado, pero aún no había adquirido mi corpulencia actual.

Era consciente de ello. En esa época debía de estar fofo como un muñeco de trapo. Incluso yo mismo me sorprendía, cuando pasaba por delante de un escaparate, al verme reflejado, y dirigía una breve mirada ansiosa a mi silueta.

Ningún traje me sentaba bien.

—Creo que estoy engordando, sí.

Estuve a punto de disculparme; no entendí que se estaba divirtiendo a mi costa, como le gustaba hacer a menudo.

—Creo que debería cambiarlo de servicio.

Había dos brigadas de las que aún no había formado parte, la de juegos y la financiera, y esta última era mi pesadilla, como el examen de trigonometría en el colegio había sido, durante mucho tiempo, el terror de mis finales de curso.

—¿Qué edad tiene?

—Treinta años.

—¡Una edad preciosa! Es perfecto. El pequeño Lesueur será destinado hoy a los hoteles, y usted se pondrá a disposición del comisario Guillaume.

Lo había hecho expresamente: había dicho aquello en un tono neutro, como si la cosa careciese de importancia, pese a que sabía que el corazón se me saltaría del pecho. De pie ante él, me parecía oír el sonido de trompetas de triunfo.

De repente, en una mañana que parecía escogida a propósito —y no estoy muy seguro de que Guichard no lo hiciera adrede—, el sueño de mi vida se hizo realidad.

Por fin entraba en la brigada especial.

Un cuarto de hora después estaba sacando de mi antiguo despacho mi chaqueta vieja, mi jabón, mi toalla, mis lápices y algunos papeles.

En la gran sala reservada a los inspectores de la brigada de homicidios había cinco o seis personas, y, antes de presentarme ante él, el comisario Guillaume dejó que me instalase, igual que lo haría un nuevo alumno.

—¡Hay que celebrarlo!

No iba a negarme. A mediodía llevé, todo orgulloso, a mis nuevos colegas a la cervecería Dauphine.

Los había visto allí a menudo, sentados a una mesa distinta de la que yo ocupaba con mis antiguos compañeros, y los mirábamos con esa envidia respetuosa que se siente en el instituto hacia los alumnos de último curso, que son casi tan altos como los profesores y a quienes estos tratan como a iguales.

La comparación era acertada, porque Guillaume estaba con nosotros, y el comisario de asuntos internos apareció poco después.

—¿Qué quieren tomar? —pregunté.

En nuestro rincón de antes, teníamos la costumbre de beber cerveza, casi nunca tomábamos un aperitivo. En esa mesa no podía ser lo mismo, evidentemente.

Alguien dijo:

—Mandarín-curaçao.

—¿Mandarín para todos?

Como nadie dijo que no, pedí no sé cuántos mandarines. Era la primera vez que probaba aquello. Borracho de alegría, aquello me pareció que apenas contenía alcohol.

—¿Tomamos otra ronda?

¿No era acaso aquel el mejor momento de mostrarse generoso? Bebimos tres rondas; luego cuatro. Mi nuevo jefe también quiso invitar a una.

Toda la ciudad estaba iluminada por un espléndido sol. Las mujeres, vestidas de blanco, resultaban encantadoras. Yo me deslizaba entre los transeúntes. Me miraba en los escaparates y ya no me veía tan gordo.

Corría. Volaba. Saltaba de alegría. En el vestíbulo de mi edificio, empecé a recitar el discurso que había preparado para mi mujer.

Y en el último tramo me caí cuan largo era. No había tenido tiempo de levantarme, cuando se abrió nuestra puerta, pues Louise debía de estar inquieta por mi retraso.

—¿Te has hecho daño?

Es extraño. A partir del momento exacto en que me enderecé sentí que estaba completamente borracho, y me quedé estupefacto. La escalera giraba a mi alrededor. La silueta de mi mujer resultaba borrosa, y su rostro se me aparecía con por lo menos con dos bocas y tres o cuatro ojos.

Pueden ustedes creerme o no, pero era la primera vez que experimentaba algo así, y me sentía tan humillado que no me atrevía a mirarla. Así que me colé en el apartamento como un culpable, sin acordarme de esas frases tan bien preparadas y triunfales que había preparado para ella.

—Me parece... Me parece que estoy un poco borracho...

Me costaba respirar. La mesa estaba puesta con nuestros dos cubiertos frente a frente, ante la ventana abierta. Me había prometido llevarla a comer a un restaurante, pero no me atreví a proponérselo. Así, con una voz casi lúgubre, dije:

—¡Ya está!

—¿Qué está?

Quizás esperaba que le dijese que me habían echado de la policía.

—¡Me han destinado!

—¿Destinado dónde?

Al parecer yo tenía gruesas lágrimas en los ojos de despecho, pero quizá también de alegría cuando pronuncié:

—¡A la brigada especial!

—¡Siéntate! Ahora voy a prepararte una taza de café bien cargado.

Intentó convencerme de que me acostase, pero no estaba dispuesto a no acudir a mi nuevo puesto el primer día. Bebí no sé cuántas tazas de café bien cargado. A pesar de la insistencia de Louise, no pude comer nada sólido. Me di una ducha.

A las dos, cuando me dirigía al Quai des Orfèvres, tenía la tez demasiado sonrosada y los ojos brillantes. Me sentía débil y algo mareado.

Fui a ocupar mi puesto en un rincón, y hablé lo menos posible, porque sabía que mi voz temblaría y que confundiría las sílabas.

Al día siguiente, a modo de prueba, me confiaron mi primera detención. Era en la calle del Roi-de-Sicile, en un hotelucho. Habían seguido al hombre durante cinco días. Tenía varias muertes en su haber. Era un extranjero, un checo, si no recuerdo mal, muy corpulento, siempre armado y alerta.

El problema era llegar a inmovilizarlo antes de que tuviera tiempo de defenderse, porque era el tipo de hombre que disparaba directamente sobre la muchedumbre y que se llevaba por delante a todo el que pudiese, antes de que la policía lo abatiesen.

Sabía que estaba acorralado, que la policía le pisaba los talones, pero que, sin embargo, no se decidía a detenerlo.

Estando en la calle, se las arreglaba siempre para permanecer entre la multitud; sabía que nosotros no podíamos arriesgarnos a disparar.

Me pidieron que acompañara al inspector Dufour, quien lo vigilaba desde hacía varios días, y que conocía todas sus costumbres.

También fue la primera vez que me disfracé. Si hubiéramos aparecido en aquel hotelucho vestidos como siempre sin duda habríamos provocado cierto pánico, lo que habría alertado a nuestro hombre, que entonces habría podido huir.

Así que Dufour y yo nos vestimos con ropa harapienta, simulando ser unos vagabundos, y, para que resultara más convincente, nos dejamos barba de dos días.

Un joven inspector especializado en cerraduras se había introducido en el hotel y nos había fabricado una excelente llave de la puerta de la habitación.

Tomamos otra habitación en el mismo pasillo antes de que el checo regresara por la noche. Eran poco más de las once cuando una señal, desde el exterior, nos avisó de que estaba subiendo las escalera.

La táctica que empleamos no fue mía, sino de Dufour, que era más veterano en la profesión.

El hombre se encerró en la habitación contigua a la nuestra y se acostó vestido. Seguro que tenía al alcance de la mano el revólver cargado.

No dormimos. Esperamos al alba. Si me preguntan ustedes por qué, les contestaré lo que mi compañero me respondió, pues le hice la misma pregunta debido a mi impaciencia por actuar.

La primera reacción instintiva del asesino, al oírnos, habría sido, sin duda, romper la luz de gas que ilumina la habitación. Entonces nos habríamos encontrado en plena oscuridad y le habríamos dado, así, una ventaja sobre nosotros.

—Un hombre siempre muestra menos resistencia al amanecer —afirmó Dufour, cosa que pude comprobar más adelante.

Nos deslizamos por el pasillo. A nuestro alrededor, todo el mundo dormía. Dufour fue quien, con precauciones infinitas, giró la llave en la cerradura.

Como yo era más grande y pesado, me correspondía a mí abalanzarme sobre él, y lo hice; de un salto me encontré echado sobre el hombre tumbado en la cama, sujetándolo como pude.

No sé cuánto duró la lucha, pero a mí me pareció interminable. Sentí que rodábamos por el suelo. Veía una cara feroz pegada a la mía. Recuerdo especialmente los dientes grandes y deslumbrantes, y una mano que me agarraba la oreja tratando de arrancármela.

Yo no podía ver qué estaba haciendo en ese momento mi compañero, pero sí vi una expresión de dolor, de rabia en los rasgos de mi adversario. Sentí cómo poco a poco aflojaba el abrazo. Cuando pude darme la vuelta, vi al inspector Dufour sentado en el suelo, con uno de los pies del hombre en sus manos, y habría jurado que se lo había retorcido por lo menos dos vueltas.

—¡Las esposas! —me pidió.

Ya se las había colocado a individuos menos peligrosos y a mujerzuelas tercas. Sin embargo, era la primera vez que yo llevaba a cabo una detención utilizando la fuerza bruta, y la primera en la que el sonido de las esposas ponía fin, para mí, a una lucha que podría haber acabado muy mal.

Cuando alguien habla del olfato de un policía, o de sus métodos, o de su intuición, siempre me han entrado ganas de replicar:

—¿Y el olfato de su zapatero o el de su pastelero?

Tanto el uno como el otro han pasado por muchos años de aprendizaje. Cada cual conoce su oficio y cuanto se relaciona con él.

No es distinto para un hombre del Quai des Orfèvres. Y, por eso mismo, todas las descripciones que he leído, incluidas las de mi amigo Simenon, son más o menos inexactas.

Pasamos mucho tiempo en nuestro despacho redactando informes. Esto también, aunque se olvida con demasiada frecuencia, es parte de nuestra profesión. Incluso diría que dedicamos más tiempo al papeleo administrativo que a las investigaciones en sí.

De pronto, nos dicen que un señor de cierta edad, que espera en el antedespacho, muy nervioso, ha pedido ver de inmediato al director. Es inútil añadir que el director no dispone de tiempo suficiente para recibir a todo aquel que se presenta, exigiendo hablar personalmente con él, porque, para ellos, su pequeño asunto es el único que tiene importancia.

Hay una frase que se repite con tanta frecuencia que se ha convertido en una muletilla, y que el botones del despacho recita como una letanía: «Es una cuestión de vida o muerte».

—¿Lo recibes tú, Maigret?

Hay un pequeño despacho al lado del de los inspectores para esa clase de entrevistas.

—Siéntese. ¿Un cigarrillo?

Lo más frecuente es que, antes de que el visitante haya terminado de decirnos cuál es su profesión y su estatus social, ya lo hayamos adivinado nosotros.

—Es un asunto muy delicado, absolutamente personal.

Se trata, por lo general, de un cajero de un banco, de un agente de seguros o de un hombre con una vida tranquila y metódica.

—¿Su hija?

Se trata siempre de un hijo, o de una hija, o de una esposa. Y podemos prever, palabra por palabra, el discurso que va a soltarnos. No, esta vez no se trata de su hijo, que ha cogido dinero de la caja de sus jefes, tampoco de su mujer, que lo ha abandonado por alguien más joven que él.

Esta vez se trata de su hija, una joven que ha recibido una excelente educación, cuyo comportamiento siempre ha sido intachable. No mantenía ninguna relación amorosa, vivía en la casa familiar y ayudaba a su madre con las tareas del hogar.

Sus amigas eran tan serias como ella. Jamás salía sola.

Sin embargo, ha desaparecido llevándose una parte de sus pertenencias.

¿Qué podemos decirle a ese hombre? ¿Que en París desaparecen cada mes seiscientas personas y que solo se encuentra a las dos terceras partes?

—¿Es muy guapa su hija?

Ha llevado varias fotografías, convencido de que serán útiles para la búsqueda. Tanto peor si es bonita, porque el número de probabilidades disminuye. Si es fea, seguramente regresará a los pocos días o a las pocas semanas.

—Cuente con nosotros. Haremos cuanto sea necesario.

—¿Cuándo?

—Inmediatamente.

Nos telefoneará cada día, o dos veces al día, y no tendremos nada que decirle, salvo «que no nos ha dado tiempo de ocuparnos de la joven».

Casi siempre, tras una breve investigación, descubrimos que un joven que vivía en la misma casa, o el dependiente de la tienda, o el hermano de una de sus amigas, ha desaparecido el mismo día que ella.

No se puede registrar París y toda Francia por una chica que se ha escapado de casa, y entonces, a la semana siguiente, su fotografía se añadirá a la colección de fotografías impresas que se envía a las comisarías, a los distintos departamentos de la policía y a las fronteras.

Las once de la noche. Una llamada telefónica del centro de emergencias policiales, situado enfrente, en los edificios de la policía municipal, donde se centralizan todas las llamadas y se inscriben en un tablero luminoso que ocupa toda una pared.

Acaban de avisar al puesto de Pont-de-Flandre de que se está produciendo un altercado en un bar de la calle de Crimée.

Hay que atravesar todo París. Hoy día la policía judicial dispone de algunos coches, pero antes había que tomar un coche de punto, y después un taxi, y uno no estaba seguro de recuperar el dinero de la carrera.

El bar, en la esquina de una calle, aún está abierto, con un cristal roto y figuras que se mantienen prudentemente a cierta distancia, porque en ese barrio la gente prefiere pasar inadvertida para la policía.

Los agentes de uniforme están ya allí; una ambulancia, a veces el comisario del distrito o su secretario.

En el suelo, entre el serrín y escupitajos, un hombre está encogido sobre sí mismo, con una mano sobre el pecho, de donde mana un hilo de sangre que ha formado un charco.

—¡Muerto!

A su lado, en el suelo, un maletín —que tenía en la mano en el momento de desplomarse— se ha abierto y del cual han caído postales pornográficas.

El tabernero, inquieto, trata de ponerse a salvo.

—Todo estaba tranquilo, como siempre. Este es un lugar respetable.

—¿Le había visto antes?

—Nunca.

¡Por supuesto! Probablemente lo conoce muy bien, pero insistirá en que esa era la primera vez que el hombre entraba en su establecimiento.

—¿Qué ha pasado?

El muerto es de mediana edad o, más bien, de una edad indeterminada. Su ropa es vieja, de dudosa limpieza, y el cuello de su camisa está negro de grasa.

Es inútil intentar averiguar si tiene familia o un apartamento. Seguramente dormía, por periodos cortos, en hoteluchos de ínfima categoría, de los que saldría para vender sus productos en los alrededores de las Tullerías o del Palacio Real.

—Había tres o cuatro clientes en ese momento...

Está de más preguntar dónde se encuentran. Se han ido, y no regresarán para testificar.

—¿Los conocía usted?

—Vagamente. Solo de vista.

¡Diantres! Podrían haber respondido por él...

—Ha entrado un desconocido y se ha sentado al otro lado del bar, precisamente frente al muerto.

El mostrador tiene forma de herradura, con pequeños vasos volcados y un intenso olor a alcohol barato.

—No se han dicho nada. El primero parecía tener miedo. Se ha llevado la mano al bolsillo para pagar...

Es cierto, porque no porta armas encima.

—El otro, sin decir una palabra, ha sacado su revólver y disparado tres veces. Seguramente habría seguido disparando si no se le hubiese encasquillado. Después se ha puesto tranquilamente el sombrero y se ha marchado.

Está claro. No hace falta tener olfato para este tipo de casos. El lugar donde hay que buscar es particularmente restringido.

No son tantos los que se ocupan del tráfico de este tipo de postales. Los conocemos a casi todos. Periódicamente pasan por nuestras manos, cumplen una breve condena y vuelven a empezar.

Los zapatos del muerto —que tiene los pies sucios y los calcetines agujereados— llevan el nombre de una empresa de Berlín.

Es un recién llegado. Asesinarlo es una forma de dejar claro que no hay sitio para él en el sector. O quizá solo se trataba de un empleado a quien se confió la mercancía y que se quedó con el dinero de las ventas.

La investigación durará tres días, tal vez cuatro. Rara vez más. La policía registrará algunos hoteluchos y, antes de la noche siguiente, averiguará dónde dormía la víctima.

Los de las brigadas de buenas costumbres, provistos de su fotografía, también llevará a cabo una investigación.

Esa misma tarde, en los alrededores de las Tullerías, se detendrá a alguno de esos individuos, que adoptando un aire misterioso ofrecen la misma mercancía a los transeúntes.

La policía no será muy amable con ellos. En otros tiempos, aún se era menos amable que hoy día.

—¿Has visto antes a este tipo?

—No.

—¿Estás seguro de que no lo has visto?

En el entresuelo del Quai de Orfèvres hay un calabozo muy oscuro, muy estrecho, más bien una especie de armario, donde, a la gente de esta clase, se les ayuda a recordar, y es raro que, después de algunas horas, no empiecen a dar fuertes golpes en la puerta.

—Me parece que lo vi...

—¿Cómo se llamaba?

—Solo conozco su nombre: Otto.

La madeja se desenredará despacio, pero se desenredará hasta el final, como una tenia.

—¡Es un pederasta!

¡Bien! El hecho de que se trate de un pederasta restringe aún más el campo de investigación.

—¿No frecuentaba la calle Bondy?

Es casi inevitable. Hay allí cierto pequeño bar que frecuentan casi todos los pederastas de cierto nivel social (el más bajo), y existe otro en la calle Lappe que se ha convertido en una atracción para los turistas.

—¿Con quién lo viste?

Y eso es prácticamente todo. El resto, cuando se tenga al hombre encerrado, consistirá en hacerlo confesar y firmar esa confesión.

No todos los casos son tan sencillos. Algunas investigaciones duran meses. A ciertos culpables no se los detiene sino después de años y, a veces, solo por casualidad.

Pero en todos los casos, o en casi todos, el proceso es el mismo.

Se trata de *conocer*.

Conocer el medio en el que se ha cometido el crimen, conocer el tipo de vida que uno lleva, las costumbres, la moralidad, las reacciones de las personas que tienen relación con el caso, víctimas o culpables, e incluso a los simples testigos.

Entrar sin mostrar asombro y de forma natural en un determinado mundo, y hablar su mismo lenguaje.

Esto es evidente, lo mismo se trate de un cafetucho de La Villette o de la Porte d'Italie que de los árabes de los suburbios, de los polacos o de los italianos, de las mujerzuelas de Pigalle o de los delincuentes de Ternes.

Lo mismo ocurre con el mundo de las carreras, o del de los ambientes de juego, de especialistas en cajas fuertes, o del robo de joyas.

Justo por eso no estamos perdiendo el tiempo cuando, durante años, recorremos las calles, subimos escaleras o vigilamos a ladronas en los grandes almacenes.

Al igual que el zapatero y el pastelero, esos son los años de aprendizaje, con la diferencia de que duran prácticamente toda nuestra vida, puesto que el número de ámbitos en los que nos movemos es realmente infinito.

Las mujerzuelas, los carteristas, los trileros, los especialistas del robo a la americana o de la falsificación de cheques se reconocen entre ellos.

Lo mismo podría decirse de los policías, después de ciertos años ejerciendo la profesión. No se trata de botas de clavos, ni de bigotes.

Yo creo que donde hay que buscar es en la mirada, en cierta reacción —o más bien ausencia de reacción— ante ciertos seres, ciertas miserias y anomalías.

Aunque no les guste a los novelistas, el policía es, ante todo, un profesional. Es un *funcionario*.

No juega a las adivinanzas, ni se exalta por una caza apasionante.

Cuando pasa una noche bajo la lluvia vigilando una puerta que no se abre, o una ventana iluminada; cuando en las terrazas de los bulevares busca pacientemente un rostro familiar, o cuando se dispone a interrogar durante horas a un ser pálido de terror, solo cumple con su tarea cotidiana.

Se gana la vida y se esfuerza por ganarse, siendo lo más honrado posible, el dinero que el Gobierno le da cada fin de mes en remuneración por su servicio.

Sé que mi mujer, cuando dentro de un rato lea estas líneas, negará con la cabeza, me mirará con aire de reproche y quizá murmure:

—¡Siempre tan exagerado! —Y sin duda añadirá—: Vas a dar de ti y de tus colegas una idea equivocada.

Tiene razón. Es posible que exagere un poco en un sentido opuesto. Es como una reacción a las ideas preconcebidas, que siempre me han irritado.

Cuántas veces, después de la aparición de un libro de Simenon, mis compañeros me han mirado con aire burlón cuando entraba en mi despacho.

Yo leía en sus ojos lo que estaban pensando: «¡Mira, ahí está Dios!».

Es por eso por lo que insisto en la palabra «funcionario», que otros consideran humillante.

Lo he sido casi toda mi vida. Gracias al inspector Jacquemain, empecé a serlo tras la adolescencia.

Al igual que mi padre, en su época, llegó a ser administrador del castillo. Con el mismo orgullo. Con la misma ansia de saber todo lo relacionado con mi profesión y de cumplir mi misión a conciencia.

La diferencia entre los otros funcionarios y los del Quai des Orfèvres es que estos últimos están en cierto modo en equilibrio entre dos mundos.

Por su vestimenta, por su educación, por el piso que habitan y su manera de vivir, no se diferencian en nada de otras personas de clase media y comparten el mismo sueño de tener algún día una pequeña casa en el campo.

Sin embargo, la mayor parte de su tiempo lo pasan en contacto con la otra cara del mundo, con los despojos, la escoria, y, con frecuencia, con los enemigos de la sociedad organizada.

Esto mismo me ha impactado a menudo. Es una situación extraña que, a veces, no deja de causarme un cierto malestar.

Yo vivo en un piso burgués, donde me esperan los deliciosos aromas de platos cocinados a fuego lento, donde todo es sencillo y limpio, aseado y confortable. Por mis ventanas solo veo viviendas parecidas a la mía, madres que pasean a sus hijos por el bulevar y amas de casa que van a hacer la compra.

Yo formo parte de ese entorno social, por supuesto, al que pertenecen las llamadas personas honradas.

Pero también conozco a los otros, los conozco lo suficiente para que entre ellos y yo se haya establecido cierto contacto. Las mujerzuelas de los bares ante las que paso en la plaza de la République saben que entiendo su lenguaje y el significado de las actitudes que adoptan, y el delincuente que se cuela entre la muchedumbre, también.

Y lo mismo ocurre con todos los demás con los que me he encontrado y que me encuentro cada día en su más secreta intimidad.

¿Es eso suficiente para crear un vínculo?

No se trata de disculparlos, de aprobarlos o de absolverlos. Tampoco pretendo rodearlos de una aureola, como estuvo de moda en cierta época.

Se trata de mirarlos simplemente como un hecho, de mirarlos con la mirada del conocimiento.

Sin curiosidad, porque la curiosidad se pierde enseguida.

Sin odio, naturalmente.

Mirarlos, en definitiva, como seres que existen y que, para el bien de la sociedad, para la tranquilidad del orden establecido, hay que tratar de mantener dentro de ciertos límites, lo quieran o no, y castigarlos cuando intentan traspasar esos mismos límites.

¡Ellos también lo saben! Y no por eso nos aborrecen. Nos dicen con frecuencia:

—Ustedes se limitan a hacer su trabajo.

En cuanto a lo que opinan sobre ese trabajo, prefiero no saberlo.

¿Acaso resulta sorprendente que, después de veinticinco o treinta años de servicio, uno tenga una forma de caminar más pesada y también la mirada más dura, y a veces vacía?

—¿No siente asco a veces?

¡No! ¡Al contrario! Es precisamente gracias a mi profesión como he adquirido un optimismo bastante estable.

Parafraseando un dicho de mi profesor de catecismo, diría de buena gana: un poco de conocimiento nos aleja del hombre; mucho, nos acerca a él.

Precisamente porque he presenciado vilezas de todo tipo es por lo que pude comprender que suelen estar compensadas por mucha valentía, buena voluntad o resignación.

Los que son realmente malvados son escasos, y la mayoría de los que he encontrado actuaban desdichadamente fuera de mi alcance, fuera de nuestro campo de acción.

En cuanto a los otros, me he esforzado por impedir que causasen demasiado daño y por hacer que pagaran por el delito que hubiesen cometido.

Tras lo cual las cuentas están saldadas, ¿verdad?

No hay por qué volver sobre el asunto.

8

Donde se trata de la plaza des Vosges,
de una joven que va a casarse, y de unas notas
de la señora Maigret

—La verdad es que no veo mucha diferencia —ha dicho Louise.

Siempre la miro un poco ansioso cuando lee lo que acabo de escribir, esforzándome por contestar de antemano a las objeciones que va a hacerme.

—¿La diferencia entre qué?

—Entre lo que tú cuentas y lo que ha dicho Simenon.

—¡Ah!

—Quizás haya sido un error darte mi opinión.

—¡No, por supuesto que no!

Lo que no impide que, si ella tiene razón, mi trabajo haya resultado inútil. Y es posible que la tenga y que yo no haya sabido cómo hacerlo y presentar las cosas como deseaba.

O bien, la socorrida frase de que las verdades fabricadas son más reales que la pura verdad no es una simple paradoja.

He hecho lo que he podido. Solo que, al principio, había

muchas cosas que me parecían esenciales, puntos que me había prometido desarrollar y que he abandonado por el camino.

Por ejemplo, sobre una estantería de la biblioteca están alineados los volúmenes de Simenon, que he llenado pacientemente de marcas con lápiz azul, prometiéndome, de antemano, el placer de rectificar todos los errores que ha cometido, ya fuese por desconocimiento, ya fuese darle un toque más pintoresco o porque no tenía el valor de llamarme para comprobar algún detalle.

¡Para qué! Eso me haría aparecer como un hombre excesivamente minucioso y, además, también empiezo a creer que no tiene gran importancia.

Una de sus manías, que me irritaba mucho en otros tiempos, es la de confundir fechas, situar al principio de mi carrera investigaciones que tuvieron lugar mucho después, y viceversa, de manera que a veces mis inspectores son unos jovencitos, cuando ya eran padres de familia, o al contrario.

También confieso ahora que yo tenía la intención de establecer, gracias a los cuadernos de recortes de periódicos que mi mujer ha mantenido al día, una relación cronológica de los principales casos en los que he intervenido.

—¿Por qué no? —me contestó Simenon—. Excelente idea. Podrán corregir mis libros para la próxima edición. —Luego añadió, sin ironía—: Solo que, mi querido Maigret, será necesario que sea tan amable de hacer el trabajo usted mismo, porque nunca he tenido el valor de releer lo que he escrito.

En definitiva, he dicho cuanto tenía que decir, y tanto peor si lo he dicho mal. Mis colegas lo entenderán y también todos aquellos que están relacionados con este oficio, y es principalmente por ellos por lo que deseaba aclarar las cosas, hablar no tanto de mí como de nuestra profesión.

Parece ser que se me ha olvidado abordar una cuestión importante. Oigo que mi mujer abre con cuidado la puerta del comedor, donde trabajo, y se acerca de puntillas.

Acaba de colocar un trozo de papel en mi mesa, antes de retirarse igual que entró. Leo lo que está escrito con lápiz: «Plaza des Vosges».

Y no puedo evitar sonreír con una íntima satisfacción, porque eso demuestra que también ella tiene detalles que corregir, por lo menos uno, y, de hecho, por la misma razón que yo, por lealtad.

En su caso es por lealtad a nuestro apartamento del bulevar Richard-Lenoir, que nunca hemos abandonado y que aún conservamos, aunque solo lo usamos unos pocos días al año desde que vivimos en el campo.

En varios de sus libros, Simenon nos hace vivir en la plaza des Vosges sin dar la menor explicación.

Cumplo así el encargo de mi mujer. Es cierto que durante algunos meses vivimos en la plaza des Vosges, pero no con nuestros propios muebles.

Aquel año, la propietaria del inmueble del bulevar Richard-Lenoir decidió por fin reformar el inmueble, algo que necesitaba desde hacía años. Los obreros levantaron en nuestra fachada andamios que encuadraban las ventanas. En el interior, otros picaban las paredes y el suelo de madera para instalar la calefacción central. Nos prometieron que aquello duraría unas tres semanas como máximo. Después de dos semanas, no se había adelantado nada, y precisamente en ese momento se declaró una huelga de los obreros de la construcción, cuya duración era imposible prever.

Simenon se marchaba a África, donde debía permanecer cerca de un año.

—¿Por qué no se instalan en mi piso de la plaza des Vosges mientras terminan las obras?

Y así fue como fuimos a vivir allí, en 1921, para ser exactos, sin que pueda tachársenos de deslealtad para con nuestro antiguo y querido del bulevar.

También hubo un momento en que, sin advertírmelo, me jubiló, aunque me faltaban varios años que cumplir y aún seguía trabajando.

Acabábamos de comprar nuestra casa de Meung-sur-Loire y pasábamos todos los domingos que yo tenía libres arreglándola. Simenon fue a vernos. El ambiente le gustó tanto que, en el siguiente libro, se anticipaba a los acontecimientos, me envejecía desvergonzadamente y me instalaba allí de manera definitiva.

—Así cambiamos un poco de ambiente —me dijo cuando hablé con él—. *Empezaba a aburrirme con el Quai des Orfèvres.*

Permítanme subrayar esta frase que resulta absolutamente increíble. ¡Es *él*, ¿entienden?, es él quien empezaba a aburrirse del *Quai des Orfèvres*, de *mi* despacho y del trabajo cotidiano de la policía judicial!

Eso no le impidió, a continuación, y seguramente no se lo impedirá en el futuro, relatar investigaciones más antiguas, siempre sin dar fechas, lo que hace que unas veces tenga sesenta años y otras cuarenta y cinco.

Otra vez tengo aquí a mi mujer. En esta casa no dispongo de despacho. No lo necesito. Cuando debo trabajar, me instalo en la mesa del comedor, y Louise permanece en la cocina, lo que no le disgusta. Ahora la miro creyendo que desea decirme algo, pero se trata de otro papelito que lleva en la mano. Se acerca tímidamente y lo deja sobre la mesa.

Esta vez es una lista, como cuando voy a la ciudad y me escribe lo que tengo que traerle, en una hoja arrancada de su libreta de notas.

Encabeza la lista mi sobrino y entiendo el porqué. Es el hijo de su hermana. Hace tiempo, lo introduje en la policía a una edad en que el chico creía tener vocación.

Simenon habló de él en ciertas ocasiones, y después el muchacho desapareció de repente de sus libros, y yo sé de los escrúpulos de Louise al respecto. Cree que, a ciertos lectores, les pareció extraño, como si su sobrino hubiese hecho alguna tontería.

La verdad es muy más sencilla. No le fue tan bien como esperaba, y, además, no se resistió demasiado ante la oferta de su suegro, fabricante de jabón en Marsella, que le insistió en que trabajara en la fábrica.

A continuación aparece en la lista el nombre de Torrence, el gordo Torrence, el bullicioso Torrence (creo que Simenon, en alguna parte, lo dio por muerto en lugar de otro inspector, asesinado efectivamente estando yo junto a él, en un hotel de los Champs-Élysées).

Torrence no tenía ningún suegro fabricante de jabón. Pero sí un deseo enorme de vivir, junto con un olfato de los negocios difícilmente compatible con la existencia de un funcionario.

Nos dejó para fundar una agencia de detectives privados, una agencia muy respetable, me apresuro a aclarar, porque no siempre es el caso. Durante mucho tiempo continuó yendo al Quai des Orfèvres para pedirnos ayuda, o alguna información, o simplemente para respirar un poco el aire del lugar.

Posee un enorme coche americano que se detiene de vez en cuando delante de nuestra puerta, y cada vez viene acompañado de una hermosa mujer, siempre distinta, que nos presenta, con la misma sinceridad, como su novia.

Leo el tercer nombre. El pequeño Janvier, como siempre lo hemos llamado. Sigue aún en el Quai des Orfèvres. ¿Seguirán llamándolo «pequeño»?

En su última carta Janvier me anuncia, no sin cierta melancolía, que su hija va a casarse con un ingeniero del politécnico.

Por último, Lucas, que con toda seguridad en estos momentos está, como de costumbre, sentado en mi despacho, en mi puesto, fumando una de mis pipas que, con lágrimas en los ojos, me pidió que le dejara como recuerdo.

Otro nombre termina la lista. Al principio, he creído que era un nombre, pero no consigo descifrarlo.

Acabo de ir a la cocina, donde me he sorprendido al ver un sol radiante, porque yo he bajado las persianas para poder trabajar en la penumbra, lo cual me resulta más cómodo.

—¿Has acabado?

—No. Hay una palabra que no entiendo.

Mi mujer se ha sentido avergonzada.

—No tiene ninguna importancia.

—¿De qué se trata?

—Nada. No te preocupes.

Lógicamente yo he insistido.

—¡Endrina, licor de endrina! —me confesó por fin, volviendo la cabeza.

Ella sabía que me echaría a reír y, efectivamente, eso fue lo que hice.

Cuando se trataba de mi famoso sombrero hongo, de mi abrigo con el cuello de terciopelo, de mi estufa de carbón y de mi atizador, notaba que ella consideraba infantil mi insistencia en hacer correcciones.

Estoy seguro de que ha garabateado la palabra, dejándola prácticamente ilegible a propósito, por una especie de pudor, como cuando, en la lista de las compras que debo hacer en la ciudad, añade algún artículo muy femenino que me pide que le compre no sin cierta vergüenza.

Simenon ha hablado de una botella que había siempre en el aparador de nuestra casa del bulevar Richard-Lenoir —y que hay ahora aquí—, de la que mi cuñada, siguiendo una tradición casi sagrada, nos trae una provisión de Alsacia después de su visita anual.

Él ha escrito, distraídamente, que era de «licor de endrina».

Sin embargo, se trata de aguardiente de frambuesa. Y, para un oriundo de Alsacia, existe, al parecer, una gran diferencia.

—Lo he corregido, Louise. Tu hermana se pondrá contenta.

Esta vez he dejado abierta la puerta de la cocina.

—¿Nada más?

—Diles a los Simenon que estoy tejiendo patucos para...

—Pero ¡si no he escrito una carta!

—Es verdad. Anótalo para cuando les escribas. Que no se olviden de la foto que nos prometieron. —Y añadió—: ¿Puedo poner la mesa?

Y eso es todo.

« Certes, ils préfèrent que je ne voie pas certaines choses.
Mais ce qu'il ne faut surtout pas, c'est que je leur en raconte d'autres ».

« — Vous direz tout?
— Et vous?
— J'essaierai. Si je n'y parviens pas, je m'en voudrais toute ma vie ».

«Sin duda, prefieren que yo no vea ciertas cosas.
Pero lo que no debe ocurrir, sobre todo, es que les cuente otras».

«—¿Usted lo dirá todo?
—¿Y usted?
—Trataré. Si no lo consigo, me lo reprocharé toda la vida».

PEUPLES QUI ONT FAIM, 1934